十二个月的日本

吃吃 喝喝 玩玩

〔日〕望月圣子 著　褚方叶 译

南海出版公司

自序

我居住在多摩山区，距离东京市中心二十五公里，房子周围是大山和树林。

住宅区面积很大，周围有大片森林，一年四季都可以看到小鸟、虫子和植物的身影。

大约三十年前，我租了一块家门前六十坪左右的农田，开始种植各种蔬菜。将近二十年的时间里，蔬菜都能自给自足，不必再去市场上购买。

打理农田有难以想象的乐趣，当然也得花时间和精力。整年与农田打交道，我发现日常生活与大自然中的无数小生灵，以及季节的转换有深深的联系。平时忽视的很多东西也渐渐进入了我的视野。

在日复一日的平静生活中，在自然界的美好事物中，蕴藏着无限的幸福。

现在，田地被原来的主人收回了，他们要在那儿种植橘子，我打理了二十多年的农田成了泡影。但那段时间经历的一切成了生活的源泉，时至今日，依然刻印在我的心头。

我失去了农田，但季节依然如期变换，小生灵们还是不断到访。无论何时，我们度过的每一天都充满了生命的力量。时间对每个人都是公平的，我想过着每天都能感受到生命光辉的日子。

望月圣子

二〇一四年秋

目 录

January

1月

年年心怀感恩，祈望今年又是美好的一年。

元旦清晨，收到散发着浓郁香味的屠苏酒，

吃着年糕汤，来到附近的药师堂参拜。

平日熟悉的景色，在元旦这天看来，显得莫名地耀眼、肃穆。

点缀正月的松枝绿意正浓，在这一片萧索的冬景中，感受到了初春的欢愉。

品尝用常见的食材精心制作的年夜饭，

沉浸在缓缓流淌的新年时光中。

用跨年的柚子制成了柚子汁。

抬眼望去，柚子树只剩下叶子，渐渐地消失在大家的视线中。

枯草之下零星的绿色，昭示着春天即将来临……

初诣

元旦这天，来到神社，
祈祷一年无病无灾。
在家附近，
有一座掩藏在茂密树林中的药师堂。
堂内的大佛像两边
有十二尊守护神。
小小的神社中，
蜡烛和线香的烟雾缭绕不散，
佛像们的真身都消隐其中。
亦真亦幻，愿望或许能成真。

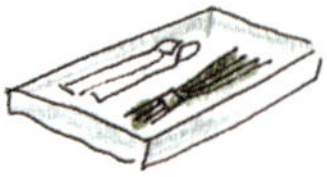

注连绳

为防止不洁之物侵入佛像和法事场所，
会装饰注连绳。
龟状的注连绳、红米及麦秸都没有沾染过农药，
方格花纹的龟壳散发出阵阵麦秸香味，
此刻正点缀在门上，要花费 1680 日元呢！

屠苏酒

驱除晦气，
永葆长寿之酒。
用山椒、桔梗、防风、肉桂、
丁香、陈皮、八角等调合而成。
以大米为原料，
经酒曲发酵酿成米酒，
再将屠苏草浸入其中，
真是醇美无比。

年糕汤

从田间采回油菜、芋艿、萝卜，
满满的一大锅，再加入煮熟的方形年糕。
这便是元月头三天的早餐。

常年和我生活在一起的老鼠君也赶来拜年了

元旦朝阳

面朝元旦的朝阳，
双手合十，
祈愿新的一年顺顺利利。

六点五十分，
在湘南的花水川河口，
小葡遥望着冲浪者，心怀感激。
一上车就马上
进入了梦乡。

小栗一上车，
就大吵大闹，
所以就留它在家蹲守了

年夜饭

年夜饭的传统始于江户时代，
当时是供奉在佛像前的食物。
家人们围坐着共同品尝，祈祷家族繁荣。

用鲑鱼裹着土豆，
再添加洋葱切片

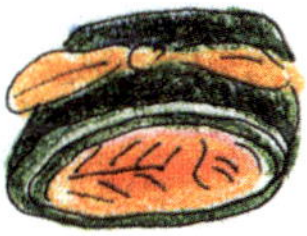

海苔卷内
是鲱鱼肉

带点甜味的
煮黑豆

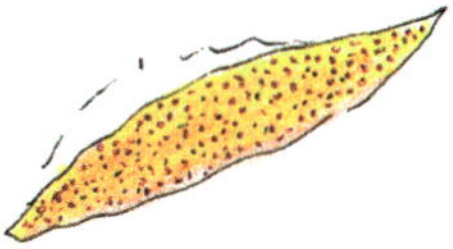

裹上保鲜膜的青鱼子
口感非常棒

煮胡萝卜
起装饰作用

口味浓郁的
冬菇

醋腌可以切成薄片，
炖煮可以切厚一点

用去年秋天摘的栗子做成
栗子含量百分之百的金团

自家萝卜包裹鲑鱼肉，
颜色搭配得很好

自家制的伊达卷，
跟外面买的比比看

锦玉子
口感丝滑、
触感湿润

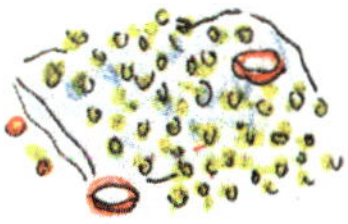

醋腌小斑鰶
颜色好美啊

买的鲱鱼肉，
小火慢炖、收汤汁

鰤鱼炖萝卜，鱼冻很美味

八头芋煮得松松软软，味道更甜了

元月不会缺少的礼物——肉馅派

一到元月，鱼糕价格就噌噌往上涨

制作沙丁鱼干很简单，但一不小心就会变硬

拍打牛蒡，用高汤煮软，再加入芝麻搅拌

糯米裹上小豆馅，然后撒上芝麻，放在油锅里炸

凉拌水菜，水菜是自己种的

萝卜夹熏鲑鱼，萝卜是从田间摘的

金橘去核，加入白糖熬煮，直至汤汁变黏稠

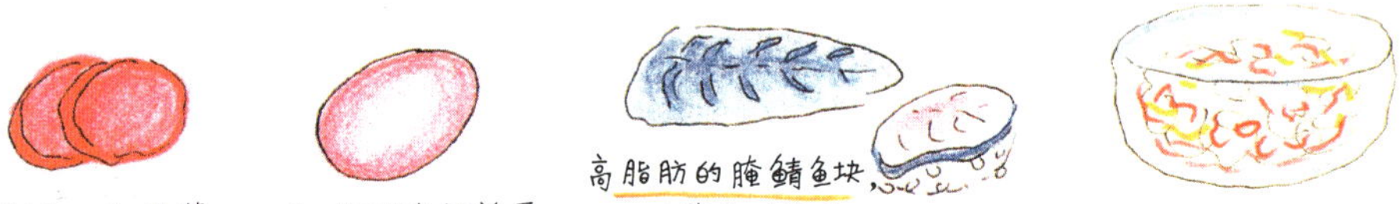

腌制月山红芜菁

红梅醋腌鹌鹑蛋

高脂肪的腌鲭鱼块，切成薄片做寿司

制作许多醋拌萝卜丝

年夜饭

黑豆……卖力工作①

牛蒡……深深扎根于大地，象征永葆幸福

鱼糕……红白两色象征好兆头

伊达卷……祈愿有广博的知识及良好的教养

金团……祈求财运旺盛

鰤鱼……保佑出人头地

鲷鱼……增添喜庆

鲱鱼……祈祷子孙满堂

沙丁鱼干……身体虽小却完整

红白两色的醋拌菜丝……模仿红白两色的花纸绳

甘露子……代表长寿

醋腌莲藕……前途一帆风顺

海带卷……欢喜安乐

金橘……财运连连

---

①日语中“卖力”与“豆子”发音相同。

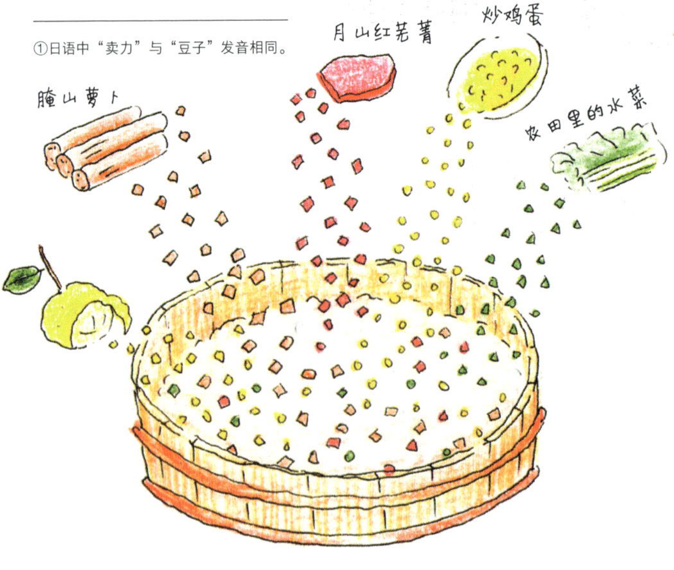

用剩菜做的寿司饭

元月的年夜饭

还有剩余。

将它们切成小块，

拌入加醋的米饭中。

再加入柚子皮，香味就扑鼻而来，

吃起来也愈发美味。

初梦

元月头两晚的梦唤作初梦。

俗语云：一富士、二鹰、三茄子，

乃代表好运之梦。

孩提时代争相询问做了什么梦，

真的非常开心。

小寒

元月六日前后，天气越发寒冷，
接下来就真正入冬了。“啊，得防寒了。”
渐渐生出对寒冷的耐力和心理准备。

七草粥

元月七日清晨，有喝七草粥的习俗。
用水芹、荠菜、佛耳草、繁缕、宝盖草、
萝卜、芜菁等
春天的七种蔬菜熬成粥。
在蔬菜凋敝的时节，吸收鲜嫩蔬菜的养分，
可以转化成自身的能量。
这是古人的智慧。

市场上出售
装在小篮筐内的七草。
我家田间有萝卜、芜菁、
繁缕、荠菜、宝盖草，
便做成七草粥喝，
能让心情平静下来。

开镜

元月十一日，祈愿一家团圆，
将正月供奉在佛像前的年糕做成年糕红豆汤。
刀具令人联想起切腹，
是不祥之物，
小时候通常是用锤子敲打
佛像前供的三十厘米厚的年糕。

馅儿

熬干吃剩的年糕红豆汤，
制成红豆馅，
抹到吐司面包上，
再加上生奶油，
非常美味。
让人心满意足！

小年（元月十五日）

为了感谢新年期间忙碌的女人们，
也称为“女正月”。
然而事实上，这一天女人们
依然在忙碌。

制作茧玉

小年这一天，为了庆祝丰收，
会举行盛大的制作茧玉活动。
茧玉是上了色的米粉球。
以往总翘首期盼这一天到来，
把茧玉以及与生活相关
的好彩头系在柳枝上。

火节

小年的仪式，
焚烧正月装饰用的门松和注连绳。
用火烤年糕吃，整年可以无病无灾。
把写有祝愿的纸投入火中，火焰越高，
代表你的字也会越写越好哟！

元月十四日

以前，十三日傍晚，
本地的大人孩子会聚集在田间，
把几根长竹竿编在一起，
用麦秸、扁柏和杉树枝叶围成小屋。
孩子们在里面睡一晚，
守护着火节用的小屋。
翌日，
吟唱着《十四日火节，猴子血鲜红》，
用余火烧烤
三色丸子。
一家人开心地享用
带着烟灰的丸子。

小豆

小豆有利于缓解疲劳和排除体内毒素，
还有利尿的作用。
红色是花青素。
小年习惯吃小豆粥，
而我却煮了小豆饭。
把有机栽培的国产小豆撒在米饭上，
再加入芝麻盐。一不留神，
就吃了两大碗。

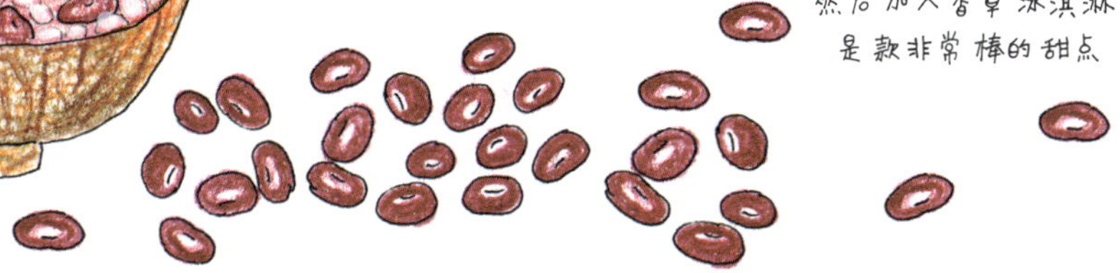

松软的甜黑豆

正月吃的黑豆好吃极了，
不禁再次开煮……
软软的、糯糯的，还带了点甜味，
煮得很成功哦！

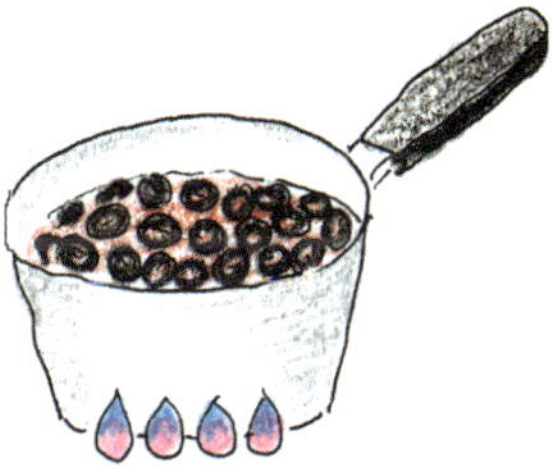

柿饼

去年十一月做的柿饼已经干透了。
晾过十天的软柿子也很美味，
经历正月严寒的柿饼，颜色浓艳，
入口即化，非常甘甜。

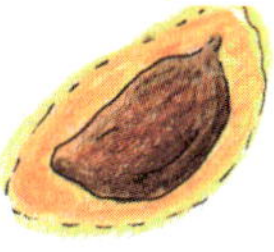

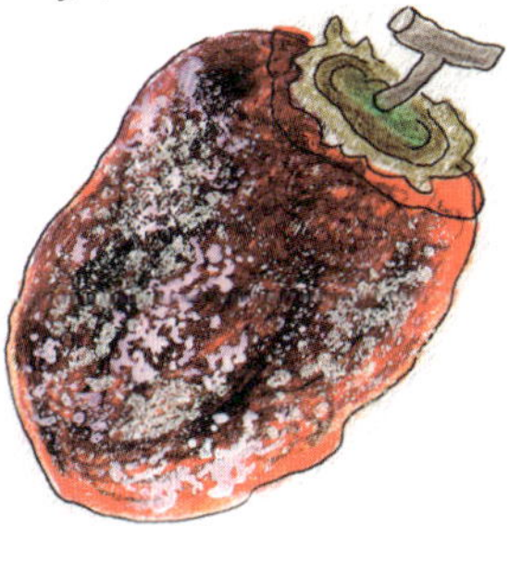

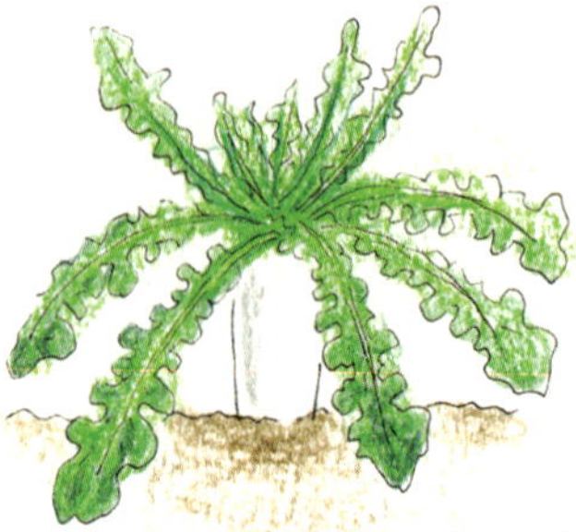

萝卜

萝卜种类繁多，
青萝卜、练马萝卜、三浦萝卜、守口萝卜、樱岛萝卜、圣护院萝卜、辣萝卜，
品种不胜枚举。
其中青萝卜产量占百分之九十五，
是其中最多的。

去年种下的萝卜，
一到元月，叶子开始枯黄，
中间抽出新叶。
难以想象，
这个冬天我已经吃了二十根
自家的萝卜。
每天都是萝卜、萝卜……
改了菜式，
还有点难以接受。
当然，我连萝卜叶也没放过。

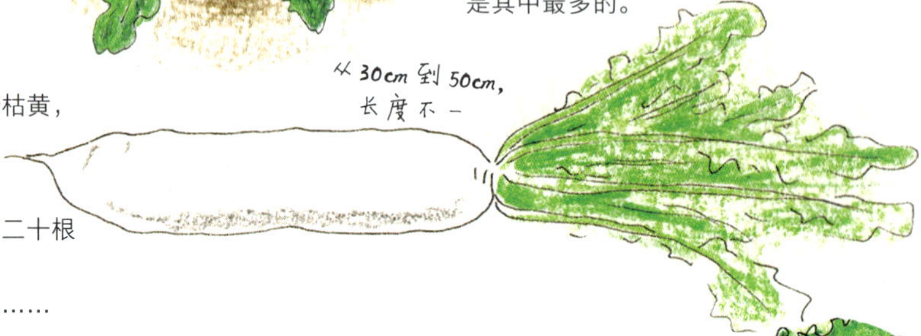

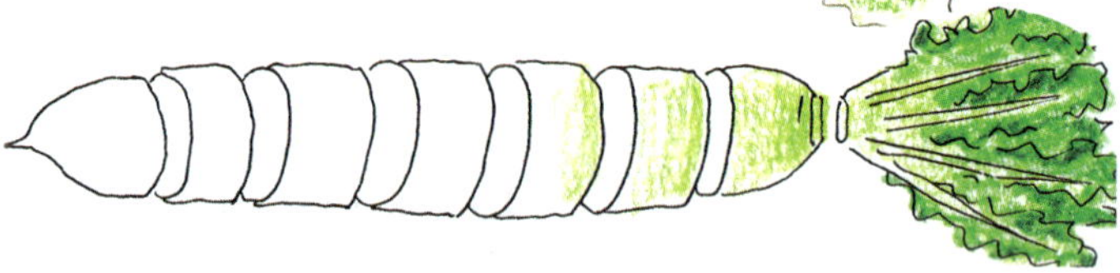

每天都吃的凉拌萝卜丝，
加入柚子和芝麻，百吃不厌

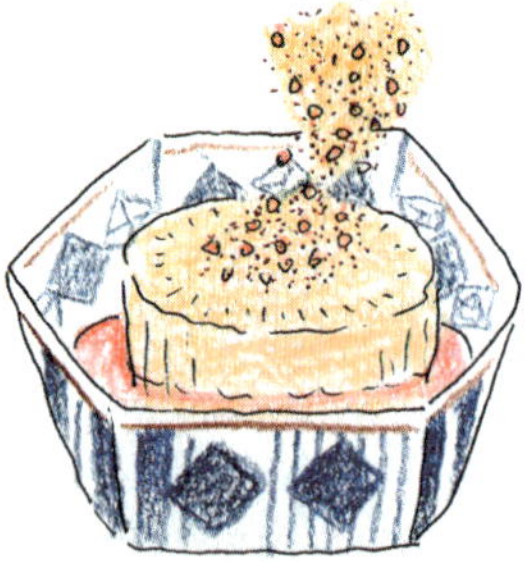

用浓汤炖萝卜，
然后撒上木鱼花和芝麻

用胡萝卜皮做的金平料理，
制作过程很简单

用汤汁炖煮萝卜，
然后加入味噌

味噌汤炖油煎豆腐和萝卜，
出乎意料地很好吃！

把萝卜拌入美味的燕麦粥，
再加入泡菜，一顿午餐就出炉了

清汤炖萝卜海带

鲕鱼萝卜是传统菜色

鲕鱼萝卜的汤汁，
一过夜就变成了富有弹性的鱼冻

享用不完的萝卜

把生萝卜切成丝，放在太阳下晒干。
小栗跑来大口大口地吃起来。

在天气好的日子里，
将萝卜条晒干

萝卜叶放在太阳下晒干后变得脆脆的，
揉成粉，
洒进味噌汤中。

白菜

把正月收割的白菜，一片一片晒干。
量变少了，但味道变甜了，用起来很方便。

卷心菜

从田间摘回的卷心菜外面发紫了，
这大概就是花青素吧。
可以把表层的菜叶加到狗粮中。

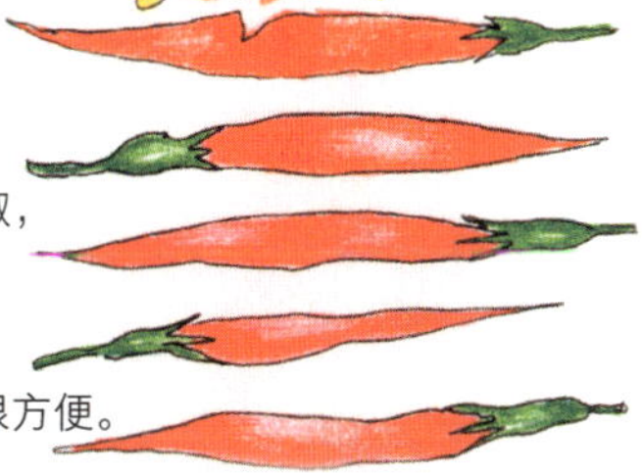

自家农田摘的红辣椒，
一直保存在家中。
到了冬天，
就可以随时食用，很方便。

种下的芜菁
一拨接一拨地成熟，
怎么也吃不完，
真浪费啊！

多摩川上的红嘴鸥和绿鸬鹚

红嘴鸥……鸥科的小型鸟类。
和歌中美其名曰都鸟。
绿鸬鹚……在《万叶集》中
也能见到它的身影。

冬天的多摩川热闹非凡。红嘴鸥和
绿鸬鹚争相在堤坝和浅滩上休息。
堤坝被绿鸬鹚的粪便染成白色，
似雪花落地。
红嘴鸥们一齐迎风昂首，
威风八面。

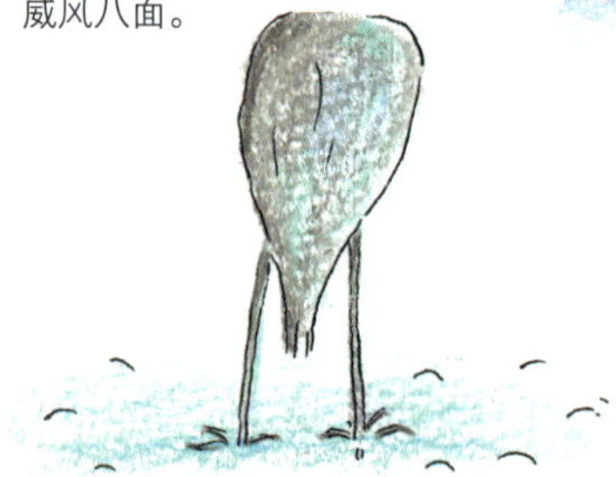

苍鹭是鹭科鸟类中最大的，
就像有烦心事一般，
它们总是低垂着脑袋。

达摩不倒翁集市

每年的元月二十八日，
有出售不倒翁的集市。
达摩不倒翁是纸糊的小玩具，
外形模仿达摩祖师打坐的姿态。
遇上不倒翁卖得好的时候，
穿着短外褂的店员们便齐声喝彩：
“太太太好了，太太太好了，太太太好了！
可有气势了。

买了 1200 日元一个的
小不倒翁

大寒

大寒在立春前的元月二十日左右，
是小寒十五天之后。
严寒越发不留情，
是一年之中最冷的时候。
这一天，这两位仁兄便是如此看门。
一直在睡觉，
睡觉。

小院内的柑橘类

葡萄柚

从种子发芽到结果要三十年，
每年可收获将近两百个，像葡萄般
一串结好几个，因而得名。

金橘

年年如铃儿般挂在枝头。
会做糖煮金橘，也会给鸟儿们留点。

柚子

制作柚子醋是我的乐趣。

温州蜜橘

在枝头上熟透了，因此格外甜。

四季蜜橘

树龄高达三十年，初夏开花，
果实像铃儿，特别酸！

酸橘

半年，一株酸橘树可收获
一百五十个翡翠般的果实。
加入果汁中，口感舒爽。

凤蝶卵与幼虫

成长到右图的模样，
得到初夏时分。
透明的凤蝶卵很美。幼虫一旦发怒，
会从头部伸出触角，还会发出臭味。

橘子园的黑色橘子

我家附近有一个橘子园。
十一月采摘时，里面混着黑皮的橘子。
橘子很甜，买了十五公斤，
用来做味道醇厚的橘子汁。

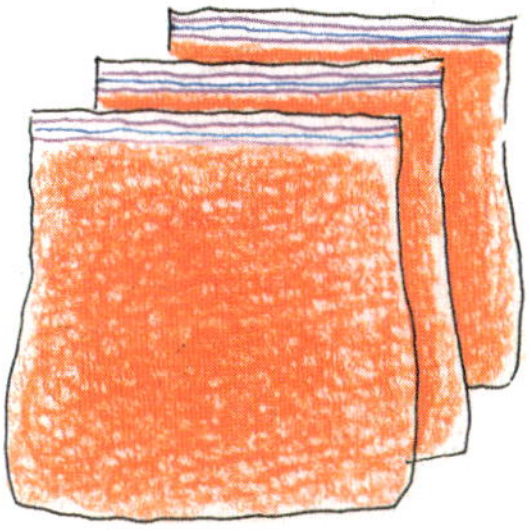

制成果汁然后冷冻

尽情地使用柚子

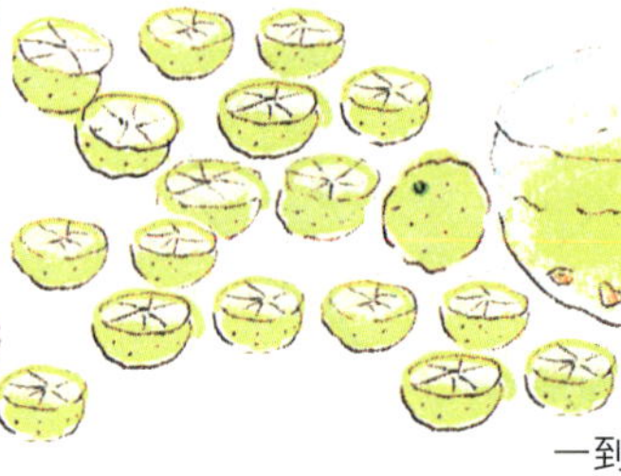

一到柚子收获的季节，就不觉兴奋起来。
榨大约一百个柚子，制作柚子醋。
柚子汁香气浓郁，味道醇厚，
是寿司饭中不可或缺的东西。
颜色漂亮，口味舒爽，
调味时也不可缺少。

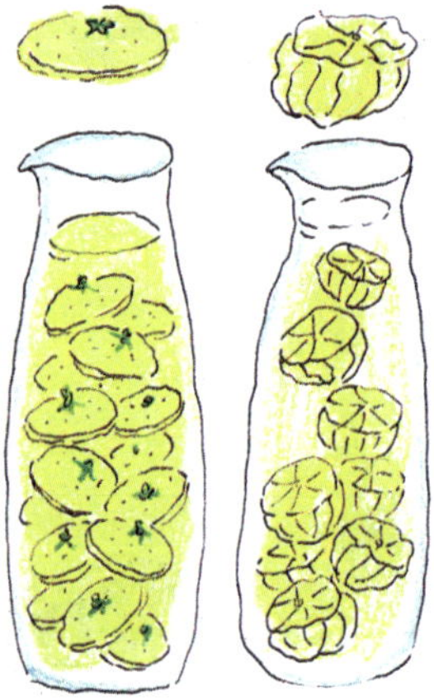

把榨过的柚子浸入水中，
制作的饮料味道非常浓郁

柚子

属橘科，原产中国，
是橘科中最耐寒的。
五月开白花，芳香扑鼻。
冬天结淡黄色果实。
有促进血液循环和抗寒的效果。

柚子化妆水

把柚子的种子洗净，然后晾干，
再浸入三十八度的烧酒中，
三个月后，就成了化妆水。

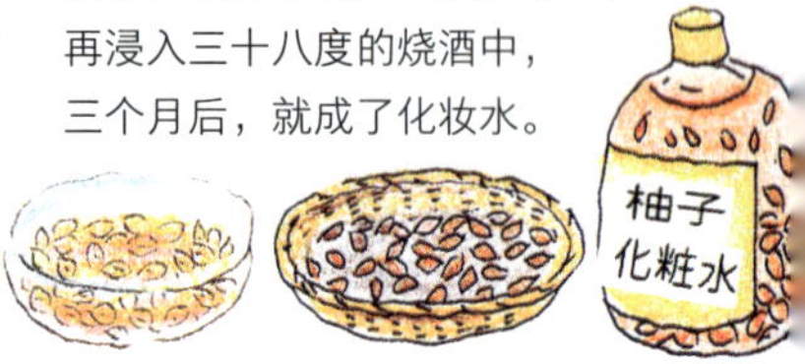

切碎榨完的柚子皮和果实！

柚子酱

制作完柚子醋之后还有剩余的果肉，
以及散发着芬芳的黄色果皮。
将它们切块，加入砂糖熬煮，
就成了柚子酱。
用热水泡开，就是柚子茶了。
还可以涂到面包上或加到酸奶中……
真是宝贝啊！

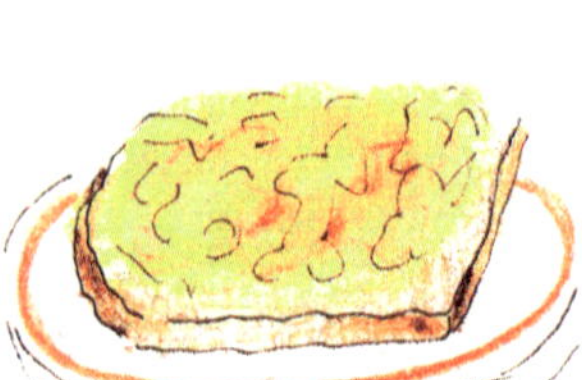

柚子汤好暖和啊！

制作酵母

酵母能让酒精发酵，
在酿酒和制作面包时必不可缺。
水果块、砂糖以及蜂蜜，
与水混合便会发酵，
产生植物乳酸菌、酵母菌
以及醋酸菌。
酵母可以喝，
也可以用在饭菜中。

由于制作时不去果皮，
应该尽量使用有机蔬菜和水果。
浸泡在瓶中放置数天，
便会噗噗地
冒出漂亮的小气泡。
在气泡最多的时候，
当作天然碳酸饮料饮用，
各种食材的甜味和香味混合其中，
口感是最棒的。

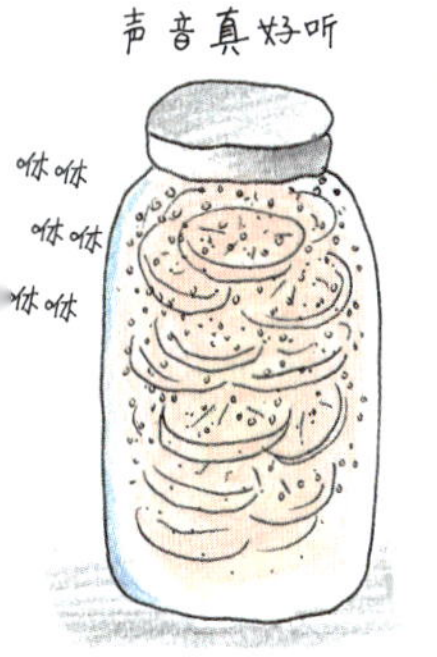

萝卜酵母

萝卜发酵得花不少时间，
透明的小气泡特别漂亮。
可以闻到萝卜淡而清爽的香味。

柑橘

用柑橘发酵，只要一天便会冒泡，
如果不开个小口，瓶子会爆炸哦！
同一批柑橘可以发酵三次。

甲州葡萄

爽口甘甜，外形靓丽！
长期放置，能闻到葡萄酒香。

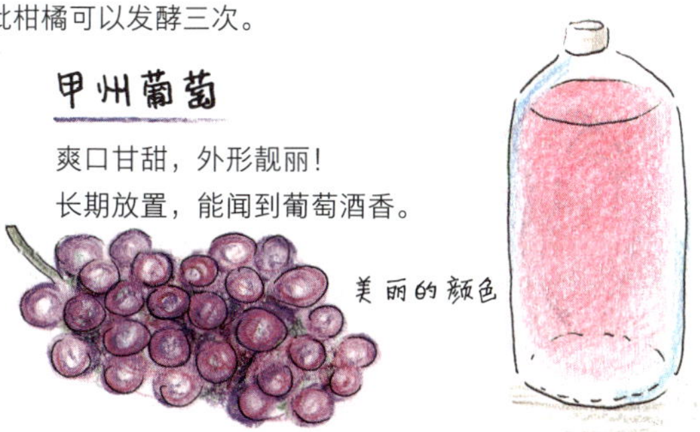

February

2月

漫步在街上，不知从哪儿飘来阵阵古梅的芳香，

心儿不觉欢快起来。

进入二月，黄昏时分越来越长，

树木的芽儿清晰可见。

然而此时，关东地区却大雪飞扬。

大雪覆盖了新芽，眼前处处银装素裹。

万物的声音也淹没在大雪中，真是一番截然不同的景象。

不久，积雪融化，和煦的东风开始吹拂。

金翅雀也成群结队地飞回来，

纷纷落在抽出新芽的白桦枝头，

啾啾、咕咕地啼鸣。

春天的脚步终于近了。

节分（立春前一天）

这天傍晚，
将沙丁鱼头插在刺桂枝上，放在门口，
还有撒炒熟的豆子的习惯，俗称鬼打豆。
据说能驱鬼祛邪。
这豆子也叫作老年豆。

我从熟人那儿收到了
装有节分糖果的漂亮礼物袋。
用落雁做成的鬼面糖果，
还有金平糖和散发阵阵芳香的炒豆子。
我不忍心把它们拿来撒，
就全部吃进了肚子。

落雁

以大米、小麦和豆面为原料，
加白糖、麦芽糖和糯米粉揉合，压出造型，
然后放入烤炉进行烘烤。

金平糖（葡萄牙语 confeito）

用冰糖水熬煮，
加入小麦粉。
接着一边加入饴糖，一边搅拌。

冬日的杂木林

我很喜欢杂木林，
四季更迭，林中景色与生物也跟着变幻。
冬日树林中，只有枹栎叶还留在枝头。
叶子都朝着同一方向。
冬日的杂木林染上了
不可思议的色彩。
土黄色、栗色、淡褐色、红褐色、灰色、
亚麻色、暗黄色、深灰色……
树林被各种色彩装点着。

山药

山药富含膳食纤维和维他命 C，
也含有大量可以分解淀粉的淀粉酶，
有助于消化吸收。
我培育了三年的山药终于成熟了。
夏天抽出心形的叶子，秋天会长出小鳞茎。
一月，土壤异常坚硬，
挖起地来费好大劲儿。
但是泥土气味浓郁，黏性好。
地球上的土壤真的很棒啊，
因而才能孕育出
如此美味的食物。

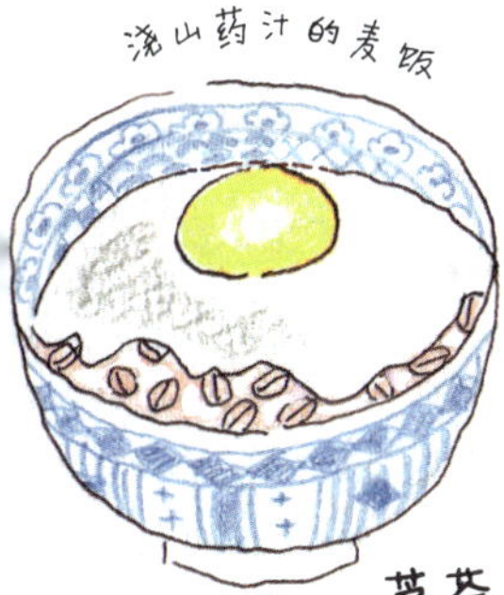

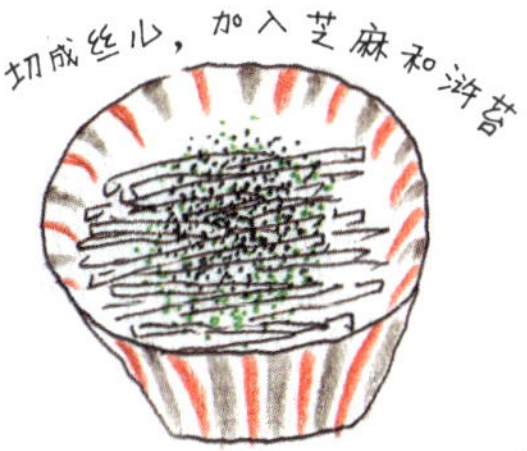

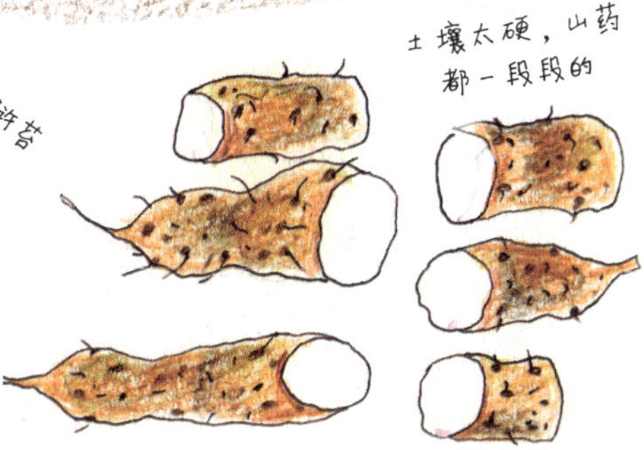

芦荟

属百合科，常绿草本植物。
主要分布于非洲地区，种类有三百种左右。
据说有了它，就不需要医生了。
芦荟的花有巨大的花瓣，开放在寒冬。
确实有药用效果。

蔷薇果

春天，庭院中盛开的野蔷薇的果实，
煎熬之后喝起来酸酸的。
生蔷薇果有利尿的作用。

榉树看起来好沉重啊

这种天气真是难以招架，老天爷啊……

铅灰色的街道

一进入二月，这样的
天气越来越多。
明天也许会降雪，
清晨、中午和傍晚都有这种感觉。
天气非常寒冷，我的心也常常
会有这样萧瑟的时刻。

农田上的水桶边，草心也未能幸免，冻成了冰柱！

充满回忆的砂锅面条

小学低年级时，冬日的傍晚来得好快，
父亲把孩子们聚集起来，不教功课，
而是教我们打麻将。
即使对手是孩子，父亲对胜负也十分看重。
隔一段时间，他便从店里
拿来砂锅面条给大家吃。那份温暖和美味，
至今依然留在我的心底。

葛粉汤

众所周知，葛草生命力顽强，
漫山遍野地生长。
葛叶是家畜的饲料，
藤蔓可以编织成篮筐和绳子，
从根部可以提取葛粉。
最近，人们知道葛粉中含有异黄酮，
有利于血液循环、保持体温。
那黏黏的味道在身体各处蔓延。

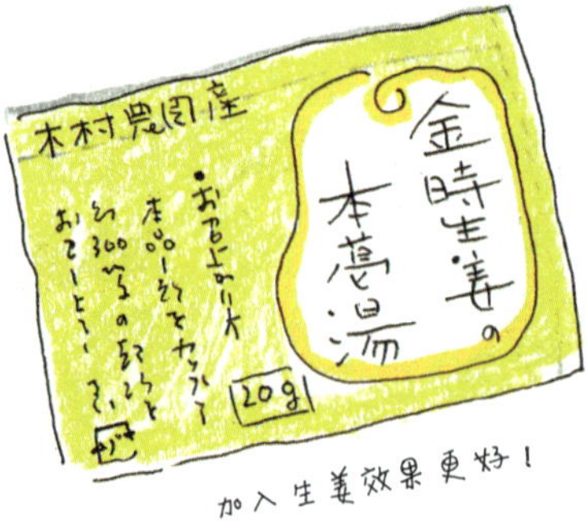

加入生姜效果更好！

朝露

朝露象征着人世的无常
以及生命的脆弱……
寒冷的早晨，气温只有五度。
白桦上的露珠沐浴在朝阳中，
北风吹来，折射出阵阵亮光，
交织成缤纷的色彩，仿佛枝头上
到处镶嵌着宝石。
一滴水珠幻化成七种色彩，
一闪一闪，亮晶晶的。

农田上的水桶中，浸着红色的
樱花叶，散发出灿烂的光芒

在冬日枯树中

如果不顾忌别人的眼光，
我真想这样睡在这里。
早晨，呼吸着泥土、霜和晨雾的气息。
朝阳透过枯树间的缝隙，
洒在我身上，鸟鸣声声催我起床。
白天，沐浴在温暖的阳光下，浸润
在枯叶的气息中。鸟鸣声婉转不停。
夜晚，从树木之间透出茜色的余晖，
宣告着一天的结束。
不久，在微微摇动的树木间，星星
一闪一闪眨着眼。森林也悄悄地进
入了梦乡。

树木之美

在一本书上，记录了树木的三种美，
其一是空间上的，然后是数量和时间上的。
对树木随气候和季节的变化，以及树龄增加
而产生的美，进行了概括。

不染白发的原因

我肯定是个胆小鬼。
七十岁啦，一把年纪，
一切就顺其自然吧……

全年冷水洗脸

一年四季，刷牙和洗脸我都用冷水。
有些日子，手和牙齿都冻僵了，
但还是不用热水。
或许我害怕突然没有热水的日子吧。

茶花

除了北海道，茶花还分布于日本各地、
中国及韩国，
是代表日本的花木，有五百多个品种。
我见过一株开了两百多朵花
的茶树。树下，
红色的落花满地。
与其说美丽，不如说有点恐怖。

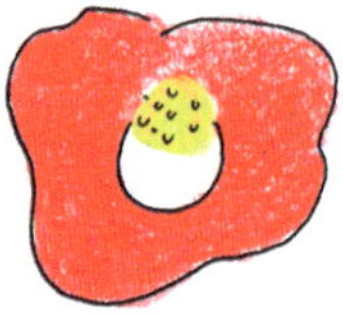

整理

工作、生活中使用的东西，大概有百分之六十
是不需要的。想对自己好一点，东西便不断增多。
都七十岁了……想起这一点，
不觉提起精神，开始整理，
但不需要的东西仍然不少。

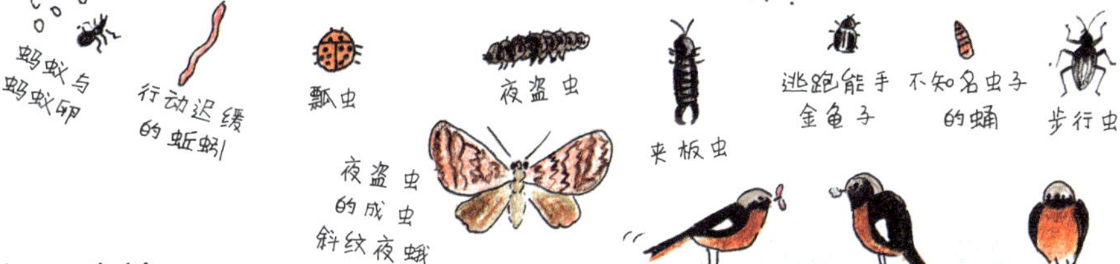

耕种芦笋田

芦笋属百合科，原产地中海东部地区，
在日本叫“荷兰独活”。
芦笋根可以存活十几年，
每年可收获近一百五十株。
耕田有利于抽芽，
冬天在地下冬眠的昆虫
一个个地出来了。
蚂蚁产了很多卵，瓢虫仍然是黄色的，
蚯蚓还在沉睡。
春天的生物们在土壤之中
紧紧联系在一起。

北红尾鸲

我一耕地，北红尾鸲就会过来，
发出哒哒哒哒的声音。
鸟儿大概看到了食物，双眼才闪闪发光。
它来到我的脚下，
啄起夜盗虫。
不怕人的鸟儿，被唤作傻瓜鹟[①]。
好可怜的名字啊！

①日语中北红尾鸲的发音与傻瓜鹟一样。

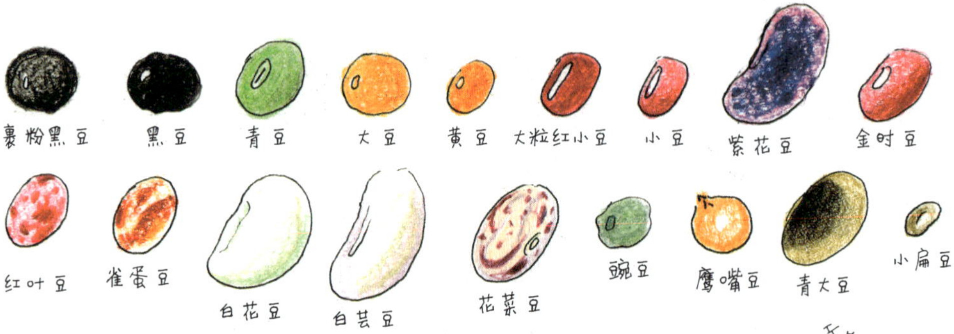

豆子

豆类富含蛋白质、人体必需的氨基酸、
维他命 E 和 B、钙和铁元素，以及膳食纤维。
里面的卵磷脂有益于大脑活动。
黑豆中有花青素、异黄酮等物质，
营养价值很高。
上面画的豆子，我基本上都尝遍了。
加入别的调料，豆子原本的味道就尝不出来，
所以只加少许盐。
豆子的味道各有千秋，好满足啊！

豆子只用水煮，不加任何调料。
早上经常吃的有大豆、黑豆、
鹰嘴豆、青豆、金时豆等

五目煮

把蔬菜切成相同的大小，
煮着吃，所以味道清淡，
是营养均衡的绝佳菜式。
当然里面也放了冬菇。

冬菇

我收到了奥多摩阵马山的干冬菇。
圆圆胖胖的冬菇放在水里，
膨胀了五倍，真是吓一跳！
口感富有弹性，很有嚼劲，
冬菇的味道很浓郁，香气也非同一般。

还是第一次见到能胀到这么大的冬菇！！

葱做的各色料理

葱蛋盖饭

在乌冬面中放入
许多葱花

芝麻油炒葱也很美味啊

鸡蛋烧中
加入葱叶

葱花炒饭

葱

原产中国西部，百合科，被戏称为洋葱和尚。
五月，顶部开出圆圆的小白花。
有长葱、青葱、下仁田葱、香葱、
冬葱、芽葱等种类。
不同种类的葱，食用方法也不一样，
可以生吃、烤、煮，还可入药，
万能蔬菜非此君莫属。

葱有富余的时候，就切成碎末，
然后冷藏，这可是我的宝贝

自家的葱特别香，
也非常甜！！

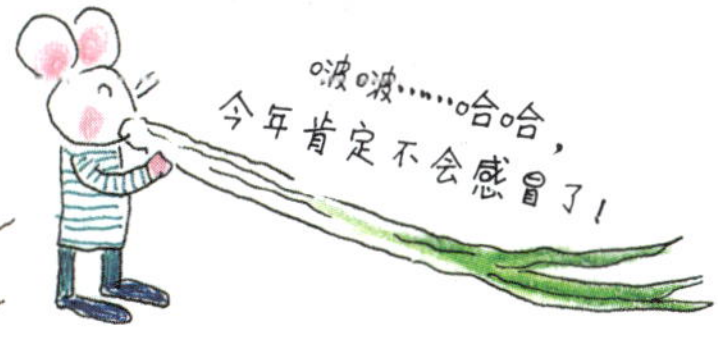

二尖瓣闭锁不全症

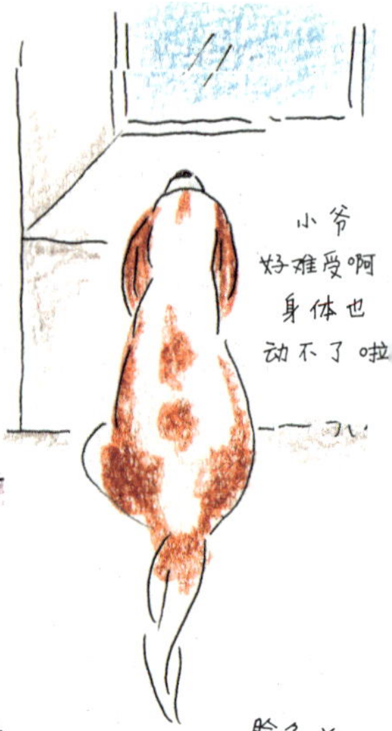

骑士查理王小猎犬很容易得
二尖瓣闭锁不全症，行走时肺部会水肿。
咳咳地咳嗽，呼吸也变得越发困难，
口腔和舌头呈紫色，难受得无法躺下，
只能坐着喘气。
去兽医院挂点滴，
能稍微缓解病情，
然而通过手术才能根治。
看在眼里，不觉心痛！

关东煮

大冷天的，还是来份
热腾腾的关东煮好啊。
多放点海带，容易入味。
鸡蛋是我的心头爱。

冬天的零嘴

叫胖雀的日式糕点，
栗子外面小心地裹上
松软的茶色面粉。如果多裹几层，
味道更好哟。

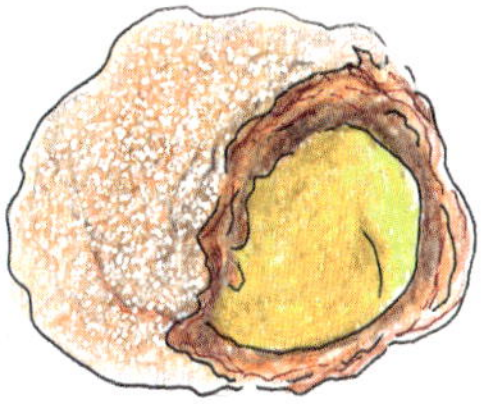

描绘围巾

彩色铅笔颜色多样，
色彩也一目了然。把铅笔芯
削得细些，一笔笔地描。
将线描粗，就能透出质感，
让人感到围巾松松软软的。

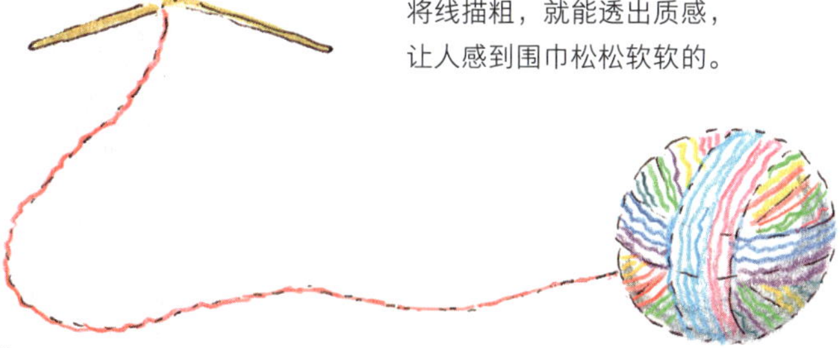

好可爱的商标

吊兰

夏天，把匍匐茎的芽放在
水里培养，即使到了冬天，
叶子和根也会不断地生长。
春天，将它移到花盆中，
还会继续往上长！

雪中的款冬花茎

积雪的冬日过了数天，
庭院中，款冬花茎陆续钻出地面，
沐浴在阳光下。
本想尝尝今春最初的苦涩味道，
然而不觉驻足眺望。
莲状的蒲公英也抽出了新叶。
都是初春第一阵南风的功劳，
感谢这被雪包围的春天！

雪落

枝上的积雪落下来，叫雪落，
这雪也被称为落雪。
平日里不起眼的枯枝上落满雪，
俨然是艺术品，
不觉令我侧目。
各色树木风华万千。

雪中的麻雀

不管天气如何，麻雀每天都得出来觅食。
找到雪地中的食物，立马啄起来。
它们的小脚丫不冷吗？

二月雪

二月，有几日
大雪满天。
冬日里不起眼的枯萎的栗树，
一到下雪天，
就变成了美丽的艺术品。
周围的景色也一下子
呈现出另一番风貌。

田间，萝卜、小松菜、
菠菜等农作物，
被雪轻轻地覆盖。
万物悄无声息，
一片寂静。

庭院中的竹枝轻柔地低垂着，
三色堇在雪中开得正盛。
万籁俱寂。

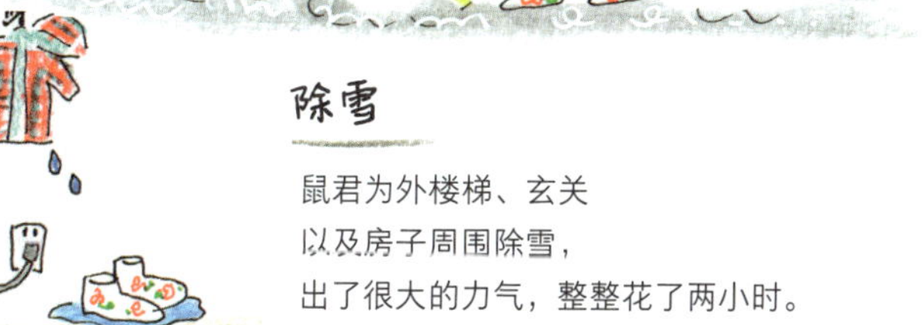

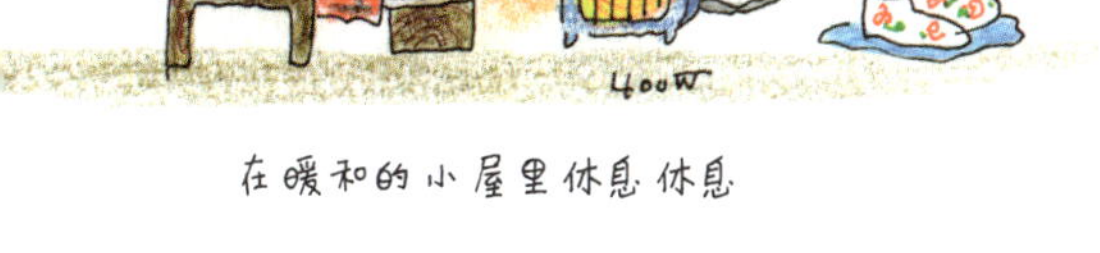

在暖和的小屋里休息休息

除雪

鼠君为外楼梯、玄关
以及房子周围除雪，
出了很大的力气，整整花了两小时。
大概是很累了吧，此刻正在午休。
所谓当日疲劳当日除！

天鹅

雁形目，鸭科水鸟，有大天鹅、
小天鹅、疣鼻天鹅等种类。
在西伯利亚东部繁衍，冬天飞往南边。
在茨城县常总市的水海道可以看见许多天鹅。
在湖边一带，到处听到天鹅发出咯咯的叫声。
靠近一看，意外地发现它们身上很脏。
但是，它们迈开黑色的双腿，
吧嗒吧嗒地助跑十几米，
然后展翅起飞的身影，
却透露出无比的坚毅。

绿头鸭

在天鹅中混杂着不少绿头鸭，
它们动作灵活，
巧取豪夺天鹅的食物。

白晶菊，比较耐寒，
会开出许多
像雪一样洁白的花朵。

天草特产

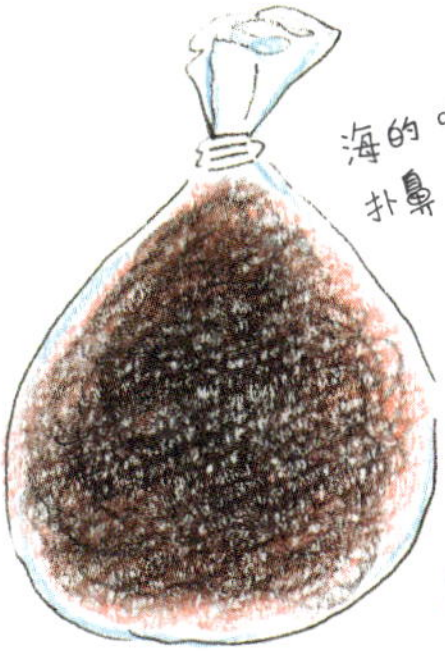

海的味道
扑鼻而来

重达三公斤哦

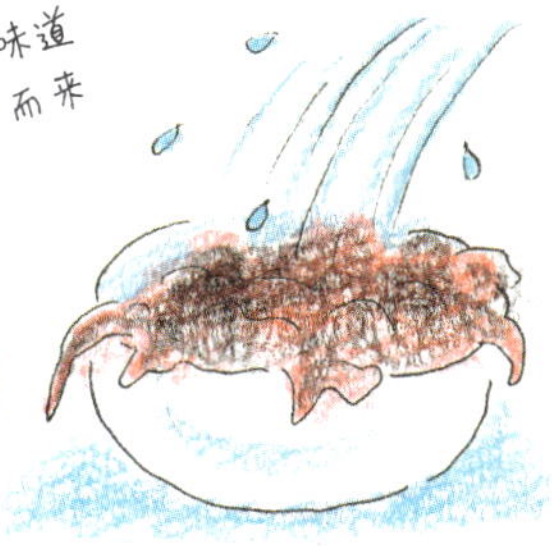

用水冲洗的时候小心啊！
纤维很长，可以切开

切碎的湿紫菜最初是褐色的，
煮后就变成黑色了

天草湿紫菜

收到了来自九州天草的湿紫菜。
用水一洗，大海的味道就扑鼻而来。
生吃也好，但我决定来个甜烹海味。
与买的不一样，口中满满的都是海的味道。
海产品的香味真让我惊讶。

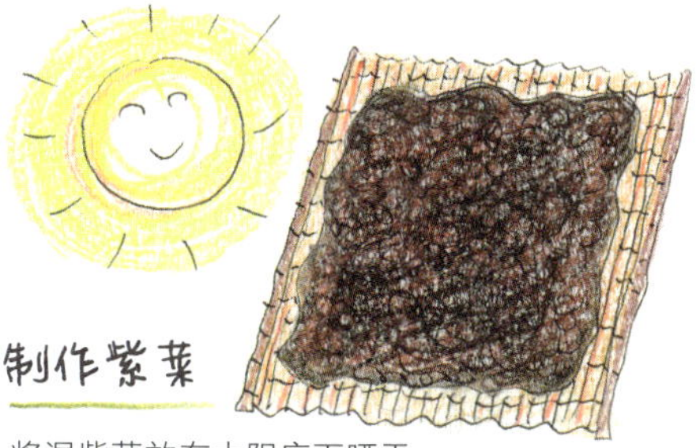

制作紫菜

将湿紫菜放在太阳底下晒干，
厚厚的紫菜就这样制好了。
干燥后，大海的味道越发浓郁。

据说是在寒冷的
海洋中采摘的

从海里采上来，
就装入袋中，
散发着大海的气味

将它展开，
绿叶宽大又漂亮

天草的海莴苣（冬季菜）

海莴苣吸收海中的二氧化碳，
有益于环境保护。
有防止气候变暖
并净化海水的作用。
外形呈叶状，鲜绿色，透明，扁平。
经常代替浒苔食用。
生的海莴苣有股浓浓的海水味，外观非常漂亮。
生吃很美味，而且营养价值高。
我已经成为海莴苣的粉丝了。

加到味噌汤内

直接放在米饭上

做三味调合醋

与煮水菜、
芥末混合搅拌

用白糖、酱油炖煮，
非常鲜美

March

3月

三月，丰富多彩的女儿节饰品点缀着这个季节，
人偶柔和的表情中洋溢着春天的气息。
一进三月，万物都变得清清爽爽，
在一片明媚中醒来。
冬天消失了踪迹，水变得温暖，
农田上的小草摇曳在早春的微风中，
天气转暖，山谷里传来黄莺和绿啄木鸟的鸣叫，
预示着风和日丽的春天已经来临了。
“满树樱花寄我身，二月十五唯此愿。”
西行的诗歌在我心中回响。

早春的杂草

阿拉伯婆婆纳、滨繁缕、
焯菜、宝盖草、
附地菜……荠菜……
小小的花儿预示着早春的来临。

早春的山斑鸠

山斑鸠夫妇在农田的水桶上休憩，
感受着春天温暖的风，
沐浴在春天的阳光之中。
夫妇俩是来晒太阳的吧。
边喝着水，
边用爪子久久地梳理羽毛。

成片的阿拉伯婆婆纳

在田野中闪闪发光，犹如春日里的星星。
给人面对未来的勇气。

酱油老铺

小时候，
离家半径五百米的范围内，
住着各式各样的手艺人。
每天放学回来，酱油铺的大叔
总是笑嘻嘻地看着我。
他厚厚的棉围裙，
如今依然清晰地留在我的记忆中。

剪羊毛

一年一度的剪羊毛，附近的孩子们
都凑过来看热闹，眼看着羊儿变得赤条条！
飘来动物的气味，羊毛带着浓浓的油脂气。
羊毛制作成线，然后变成了大叔身上的毛衣。

木屐店

我很喜欢木屐店。
即使没什么事，也到店里看看木屐和带子。
买来新木屐和带子的时候，
内心难掩欣喜。
有一个说法，傍晚不能穿上新木屐，
因为会沾上煤灰，所以只能白天穿。

糖果屋

用麦芽酸将糯米、粳米、
地瓜、高粱等分解，
变成糖。
我要在家做加入
香榧果实的利喉糖，
所以买了一斗糖浆。

木桶店

在我家门前，大叔正做着木桶，
将薄扁柏板围成一圈，
再用环箍（用竹子编成，另外还有铜、铁）
固定。
扁柏的气味扑面而来。
成品可用作泡澡桶、手提桶以及寿司桶等。

染布屋

在宽敞的染布屋中，
总是到处晾晒着这样的东西。
色彩各异的布匹轻轻摇晃。

● 另外还有 鲣鱼店、打油铺、棉花铺、铁匠铺、地板铺、香蕉店、粗点心店、接生婆婆、医院、金鱼店 等等

圣诞玫瑰

圣诞玫瑰，原产欧洲，
毛茛科，常绿多年生草本植物。
不适合长时间光照，花型大，直径可达七厘米。

温柔的朋友

来到朋友的庭院，房子周围和院落里
栽满了圣诞玫瑰，俨然是一座玫瑰花园。
圣诞玫瑰开得绚烂至极。
朋友毫不吝惜地用剪子刷刷地剪了
将近二十株送我，都是他精心培育的。
小气的我可不会这么做。
真的非常感谢。

圣诞玫瑰

朋友送我的圣诞玫瑰盛开了，
将近一个月，颜色一天一变，很美。

热闹无比的梅园

天气晴朗，气温达到十度，
梅花盛开！
闻到梅花香甜的气味，
一下子从冬日的压抑中
解放出来，
心情不禁变得愉快。
绣眼鸟采着花蜜，
麻雀、野鸽在杂草中觅食，
鸫、斑鸫也扒开泥土寻觅虫子。
鹡鸰在道路和农田间
忙碌地穿梭。
春天的阳光终于有了暖意。

农田里，
油菜花已经开了

乌鸦

属雀形目鸦科，是数种近亲鸟类的总称。日本主要有大嘴乌鸦、小嘴乌鸦两种。杂食，秋冬两季集体冬眠。自古以来，乌鸦被认为是熊野地区的神使。它的叫声也被当成不祥之兆。

一到傍晚，大约有三百只乌鸦成群结队地聚集在屋后的山林。
天空中传来巨大的鸣叫声，它们在空中徘徊了约二十分钟。
乌鸦鸣叫是不吉利的，这么说来，我每天都不吉利？
不知是哪只乌鸦发出号令，
鸦群一齐从森林中消失了，周围一下变得安静。

老鹰软弱吗？

白天，老鹰来森林觅食。
啾啾咕咕地叫着，
慢悠悠地飞上山头。
留守的乌鸦们看到了，都过来攻击老鹰。
它们纠缠不休，
直到老鹰落荒而逃。
老鹰看起来也挺有毅力的呀。

水菜苗

猫儿们频繁光顾我的农田，
大概是来享受日光浴的吧。
枯叶迎着日光。
好暖和，心情也
变得好起来了，
然而，有时也有
不开心的日子。

水菜抽出新芽了，可小猫却为了撒尿，把芽踢飞了

绣眼鸟家族

雀形目，绣眼鸟科，
比雀类略小。
背部呈绿色，很漂亮，
眼睛周围呈白色。
以小虫、果实、花蜜为食。
白桦树的芽都鼓鼓的，
它们敏捷地飞到白桦枝头。
鸟鸣声婉转动听，
因此以前常常被养在笼中。

黄莺

雀形目，鹟科，橄榄绿。
它们经常潜伏在灌木丛中，很少能窥见形貌。
山头渐渐变得热闹，
在黄莺啼鸣中感受春天的气息。

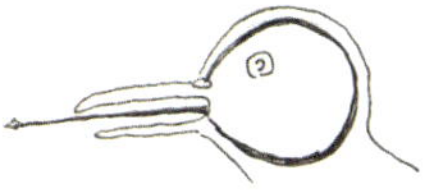

小星头啄木鸟

日本本土的啄木鸟，体型最小。
跟雀鸟差不多大，
发出低沉的唧唧声。
停在栗树上，叩叩地
敲打树干，啄出小洞，
捕捉小虫，然后旋转着身子
飞上高空，回到山里。

绿啄木鸟

啄木鸟的一种，与斑鸫大小相似，
头部和双颊有红斑。
是本州、四国、九州特有的品种。
每年，它们都停在枯杉枝上，
啾啾啾啾地鸣叫。
舌头可以在嘴里盘成一圈，
所以能吃到树干中的昆虫。

初春的弘法山

弘法山位于秦野市，
传说弘法大师曾到过此地。当时他游历全国，
脚下功夫还真不赖。
山顶栖居着很多鸟，用专门的围栏保护，
通过上面的小孔可以观看。

踏青

春天，花草都发芽了。
来到野外，踏青游玩。
小葡迎着柔和的春风，
尽情享受春天的欢愉。

野游

冬天经常闷在家中，被春光和新鲜空气诱惑，
我来到了户外，感受着春天的气息和温暖。
小葡一碰到草儿，
春草的芳香便扑鼻而来。

麻利地吃着狗尾巴草嫩芽的小葡

恢复精神的小栗

小栗的病还没完全好，挂了点滴、打针吃药、进过氧气箱，
病情暂时缓和了。
但小栗一点也不消沉，好像什么事儿都没有的样子，
双眼炯炯有神，毛色光彩照人。
看到如此开朗的小栗，真好啊！

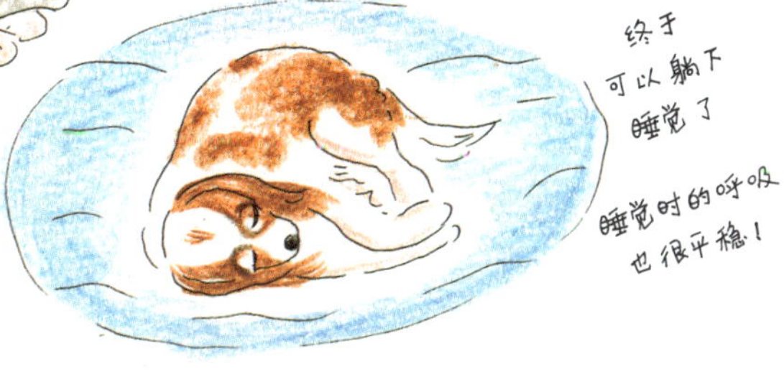

白菜的菜花

没采完的白菜绽放出黄色的花朵，
把花做成汤，
有股甜甜的味道，很柔和。

水菜

属十字花科，一年生，也叫京菜或千筋菜。
看起来非常纤细，然而初春的水菜
噌噌地生长，让人感受到蓬勃的生命力。

洋地黄

冬天长势很好，茂盛得连花盆都快装不下了。
真是生命力旺盛的植物。
立春后，空气依然带着丝丝凉意。

蒿雀

腹部呈黄色，
背部有褐绿色的竖斑。
在茂密的款冬花间，
唧唧啾啾地鸣叫。
这叫声宛如山麻雀。

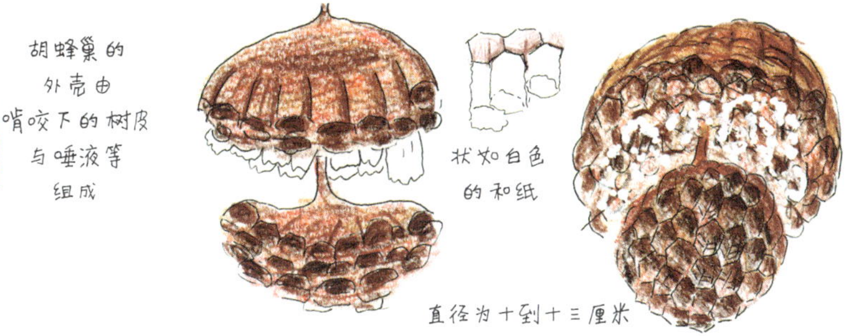

胡蜂巢

农田上有一间放东西的小屋，
胡蜂经常通过门上的钥匙孔出入其中。
用胶带把孔堵上，几天后，胡蜂就离开了。
小屋内有个直径大约十厘米的蜂巢，
巢虽小，但幼虫发育完全没问题。

惊蛰

“惊蛰”意为冬眠的虫子开始活动。
红色的瓢虫开始飞舞。
壁虎在青草上晒太阳，
毛毛虫也悠闲地爬着。

小根蒜

属百合科，夏季长出花茎，
开白紫色的花。
它们混在杂草堆里，一窝蜂地长。
小根蒜的球根小，剥皮洗净非常麻烦，
但充满春天的味道。

笔头菜

早春，从问荆的地下茎上长出的孢子茎。
笔头菜属木贼科，夏季蕨类，
在农田和空地上沐浴着阳光，
温柔地探出脑袋。
可以做佃煮，可做利尿剂。
用处非常多，我用的化妆水的原料就是它。

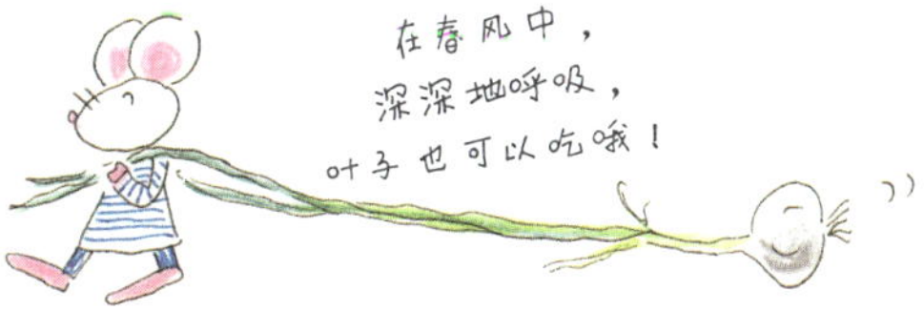

辛夷

木兰科，高约十米，
有香味，开六瓣花朵，
花型较大。
秋天结红色果实。
花蕾有镇静和镇痛的功效，
花瓣可用作香水的原料，
从树皮和枝叶上可以
提取辛夷精油。
我家附近有一条
辛夷树成排的街道。
春天，满街的芳香沁人心脾，
夏日，变成了舒适的阴凉地，
秋天，累累的红果挂满枝头，
成了乌鸦的食物。
冬天，为来年的绽放积蓄力量。

令人遗憾的是，
一些毫无意义的采伐，
使得花儿越来越少

瑞香

原产中国，一丛花大概有十五朵。
这时节，花并不多，却不知从何处
飘来浓郁的芳香。
春天将近，心儿不觉兴奋起来。

狸

犬科动物，以家族为单位生活，昼伏夜出。
也称作貉，毛可用于制作毛笔。
三月二十四日晚十点，有一只狸慢悠悠地
在我车前徘徊，毫无慌张之色，
看了我一眼，便走进了一户人家的庭院。
它的尾巴真是棒极了！

佛甲草（万年草）

属景天科，茎高约十至二十厘米，
多肉草本植物，生命力顽强，
因此得名万年草。
白桦树下有一大片佛甲草，
大小约为二坪。
黄色的星形小花星星点点，点缀其间。
叶子常年很茂盛。

白桦树的花
像虫子一样

紫色风信子

切一段佛甲草插入土中，就能成活，
真是顽强的草！

风信子已经有七个年头了

田地上，
菜花全开了

花叶蔓长春

很坚韧的植物，
紫色的花非常美！

小野芝麻

唇形科，
外形看起来像发霉，
也有股霉味。
叶子像缩缅般微微卷起。

金盏花（不知冬）

花瓣直径约为两厘米，
外形如冬日的太阳，
有芳香。

木贼

也叫研草，
常绿蕨类植物。
茎高约五十至一百厘米，
墨绿色，因此有木贼色之说。
表面有突起，粗糙，
常常用来制作木制品。
也作为篱笆的原材料。

铃兰水仙

外形似铃儿，
属石蒜科植物。
年复一年，花越开越多。
迎着春风摇曳，
姿态极尽优美。

三月（弥生）

樱花开了，桃花也绽放了。
树木都发芽了，色彩缤纷。
山上终于变得热闹非凡。
久违的春天，温暖而清澈，
阳光充满天地间。
万物显得如此柔和，
深深呼吸春日的气息，
心灵与身体都在复苏。
我的内心充满感恩！

女儿节（我家乡在旧历四月庆祝）

三月三日，有女儿的人家，祈求女儿幸福健康地成长，会供奉人偶台，放上人偶、人偶的用具、菱形年糕、米酒以及桃花。
这个节日对孩提时代的我来说很重要，总是早早期待它的到来。
为了制作三色菱形年糕，得去田里采艾蒿，让人很开心。
节日这天，紫云英盛开，孩子们带着寿司饭和甜酒，庆祝繁花盛开。

我的人偶叫御殿饰，由三座豪华的宫殿组成。在宫殿中，加入天皇、皇后、左右大臣、三个宫女，就组成了豪华的御殿偶人。
我至今依然保存着这套人偶，但好像许久没有看看它了。

伊豆地区的挂式人偶

这个纸灯是我六十年前的人偶用具

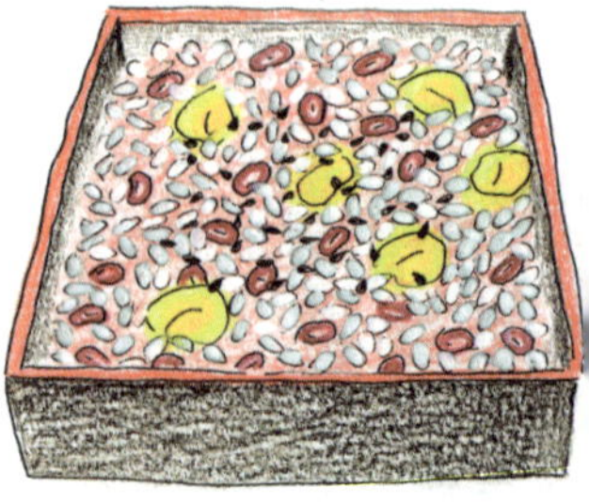

加入年前采回冷冻的栗子，制作小豆糯米饭

菜花盛开

农田里，小松菜和越冬青菜的
花都开了，一整片都是花儿。
白纹蝶和黄纹蝶翩翩飞舞，
分不清哪个是花，哪个是蝴蝶。
有机栽培而成，花和叶子的气味
都很浓郁。置身于芳香之中，
干起活来也乐趣无穷！

麻叶绣线菊

绣线菊全开了，
甜甜的香味
融在春日的阳光之中，
如冬雪初降般清爽。
蜜蜂也匆匆从山上赶来，
采集花粉。

松鸦

从杂木林传来喳喳的叫声。
喈喈地叫着飞起来的，一定是松鸦。

户外午睡

小葡经常待在屋外，
像感受春天的气息般，
用鼻子嗅着微风。
我也想这样啊！

花韭

神秘而庄重的花，带着高雅的紫色，
花瓣透明而成熟，
也叫作伯利恒之星。

April

4月

樱花总能吸引世人的视线。

等待樱花盛开的愉悦，让心儿不禁兴奋起来。

樱花盛开，其他的花草也争妍斗艳，

花儿次第绽放，仿佛从长眠中醒来。

万物看起来竟是这般鲜亮。

树木抽出新芽，多姿多彩，此情此景美不胜收。

春天的气息传遍周身，我迈步走向户外，心情也舒畅起来。

此刻，我们清晰地感受着季节的变化，

抬头仰望漂浮的白云，

置身于明朗的阳光之中，欣赏这明媚的春色。

春风无情地吹来，花儿似要四散飞去，

令人惋惜，真是难以平静。

紫云英（儿时）

豆科，二年生，原产于中国。
在日本往往用作植物肥料和饲料。

儿时，春天的农田常被桃红的紫云英覆盖，被桃色染红的街道依然留在我的记忆中。随着春风，紫云英香甜的气息弥漫在街道上。

用紫云英做成花束、花冠、眼镜、首饰、手链，玩得忘乎所以……

摘掉紫云英外侧的花瓣，用嘴舔舐中间的花苞，此刻的紫云英俨然变成了郁金香！！

紫云英盛开的时候，农家大叔会经常来农田。
在紫云英田间，我们与蜜蜂一同转着圈捉迷藏，
直到紫云英凋谢，真是不亦乐乎。

彼岸花叶子做的滑梯

也称为死人花、剃刀花，
但我还是喜欢叫它八挂婆婆。
这种花在秋天盛开。

成了孩子们的滑梯

琉珠绣线菊

也唤作小米柳或小米樱。
中文名是喷雪花。

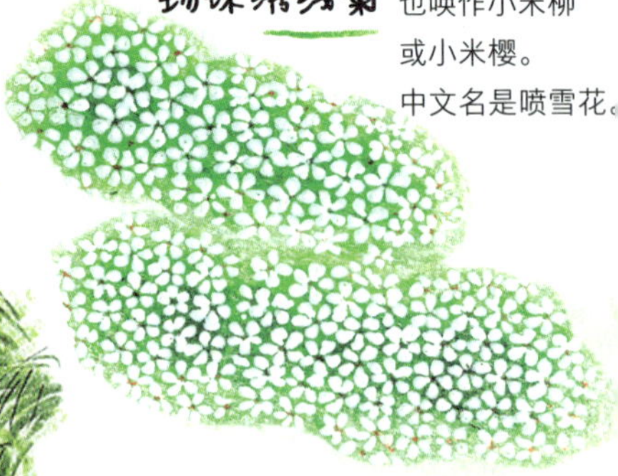

初冬，彼岸花抽出长长的叶子，
第二年春天枯萎。
紫云英盛开时节，它们大片地
生长在堤坝斜坡上。在彼岸花细长的
叶子上滑行，真是妙趣横生。

东名高速大堵车

四月一日，星期日，阴天。
我回老家富士祭祖。
上午，下行路上发生了三起交通事故。
原本一个半小时的车程，
竟然花了三个小时。
回去的路上又遇上百年一遇的大堵车。
应该避开周末高峰啊。

浅墨色的富士山

此刻，富士山俨然
要消失一般。
山顶仿佛撑着伞，
山脚的树木
朦朦胧胧地染上了
樱花的色彩。
才四月，温度
竟然蹿到三十一度。
在今年第一个炎炎夏日，
我汗流浃背去扫墓。

鹰鸮（青叶枭）

一种枭，
枝繁叶盛时便开始鸣叫，因此得名。
夜晚，“啵……啵……”
从山里传来柔柔的鸣叫声。

绣眼鸟

绣眼鸟成群地来到樱花枝上吮吸花蜜，
发出哔哔、唧唧、唧唧哔哔的鸣叫。

燕子回巢

燕子从欧亚大陆或非洲大陆、
北美大陆来到日本。
它们跨过许多国家，跋山涉水，
经历了漫长的旅途才来到这儿。
接着筑巢、抚育幼鸟。

斑鸠夫妇

以植物为食，在枝上筑简陋的巢，产下了两枚鸟蛋。斑鸠的表情和动作都如此柔和。雄鸟唧唧地对雌鸟轻声细语，许是在求婚。

我们家的樱桃树

樱桃树比染井吉野樱早些时候开了花。
日本蜜蜂纷纷来采蜜，
脚上沾上了许多花粉。
正因为它们，我才能收获
许许多多樱桃，
果实美味无比。

清明

除了花木，连野花也纷纷绽放花朵。清明取天朗气清之意。阳光明媚柔和，植物慢慢地抽出新芽，我也不禁欢快起来。

在富士山支流赏樱

在流经静冈县富士市的润井川的坝上，
有一株樱花，似小山般繁盛地绽放。
草香、春日流水的芬芳、溪流声以及莺啼声，
在柔和的微风中包裹着我。
在樱花树下，菜花和紫花地丁成片地生长，
因此，有花冷、花雨、花阴、花倦等说法。

花筏

樱花翩翩飘零到水面上，随着
流水缓缓浮动，神似木筏。
樱花给予我们的乐趣真是丰富啊。

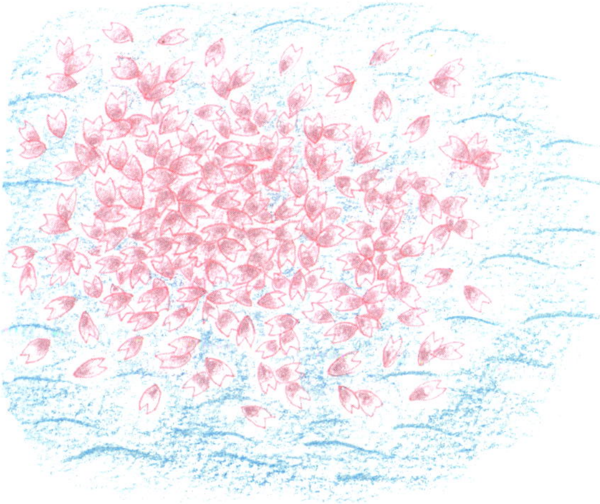

胧月

“胧”取夜晚朦胧之意，形容夜色并不明朗，
朦朦胧胧、淡淡氤氲的样子。

樱树因花而美

平日里并不起眼的樱树，
一旦开了花，
才知樱花的魅力。
俗话说“士别三日当刮目相看”，
樱花散落也在一瞬，
总能吸引世人的注意。

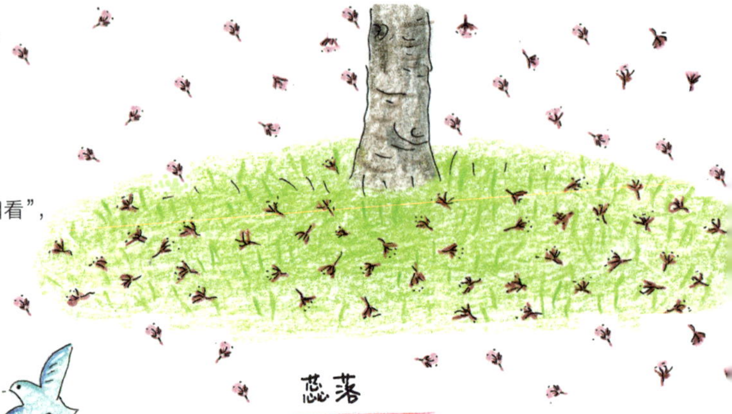

蕊落

樱花凋零之后，
留在枝上的花蕊也与花瓣一起
静静下落。

鸟鸣婉转

黄莺、绣眼鸟、山雀、麻雀、金翅雀、
北红尾鸲、喜鹊的啼叫令人舒畅。
尤其是山雀的鸣叫，听来就像小提琴的声音。
鸟儿们齐鸣，俨然一场音乐会！

花冷

春天悄悄地流逝，空气中
依然有丝丝凉意。樱花凋零之后，
温度大概只有十五度，很凉。
注意别着凉哦！

春鲱

春鲱长约三十五厘米，圆鼓鼓、肥嘟嘟的，
三月至五月，它们会来浅滩产卵。
产自北太平洋，分布于北海道、萨哈林岛
西海岸地区，也叫春告鱼。
两条 680 日元。北海道的礼文春鲱
只在这个季节有。真是期待已久啊。
撒上盐烤，变得松松软软，十分爽口，
香味独特，鱼肉爽滑，特别好吃。

郁金香

属百合科，
原产中亚，
由荷兰进行改良，
成为到处都能见到
的熟悉的郁金香。
开着大大的花，
让人觉得好可爱。

三月出生

从山里传来黄莺和绿啄木鸟的鸣叫，
树叶闪闪发光，感觉风也熠熠生辉。
大概是三月出生的缘故，
我在春天也恢复了精神。

长脚蚊

属蝇目、蚊科。下雨时，有两只
长脚蚊久久地停在门柱上。

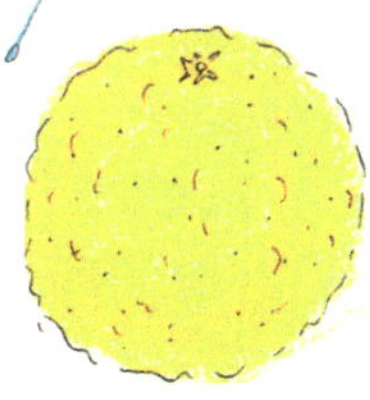

草莓汁

草莓上市了。用来榨汁的草莓和豆浆
都出乎意料地美味，
简直不像草莓和豆浆了。

夏橙

属柑橘科，酸橙类。
春夏两季食用。
很酸，还有一股苦味。
去除橙皮，将果肉与
粗糖混合，放置一会儿，
口感很好。加入酸奶也很美味。

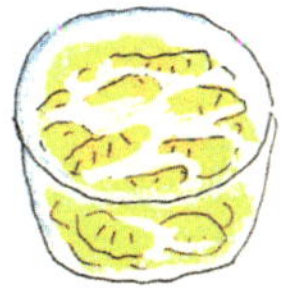

从长野寄来的野山菜

款冬

一旦做成天妇罗，
外面一层叶子会像
裙子般展开

直径 3cm 的圈圈

黄瓜香

深绿带黑，
口感很好

金漆

五月抽新芽，
然后长成乔木，
用于制作筷子和牙签

楤木芽

春天，带着淡淡
的苦涩，很美味

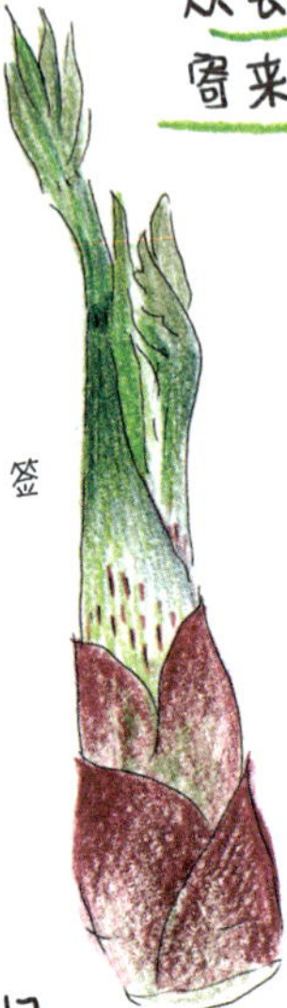

土当归

野味十足，叶鞘有力。
可以做成天妇罗，
蘸醋味噌食用

茖葱

开白花，有时会带
淡淡的紫色。热水
过之后呈深绿色，
漂亮

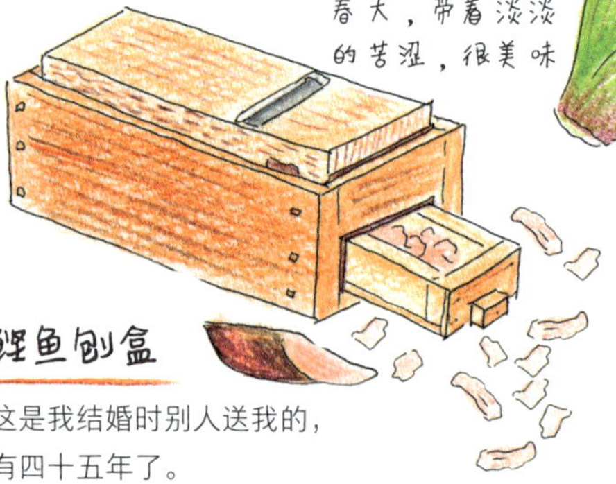

鲣鱼刨盒

这是我结婚时别人送我的，
有四十五年了。
刨子货真价实，现在还可以使用。
木鱼花加到野山菜汤里，味道十足。

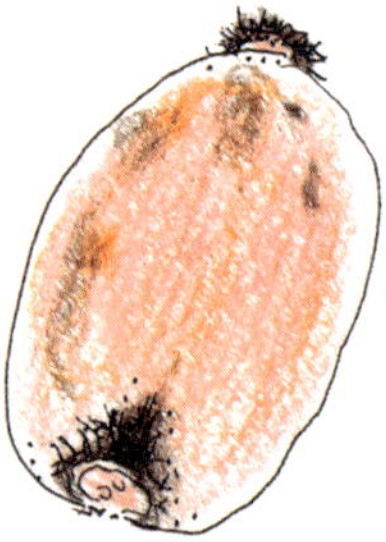

莲藕

荷花的地下茎，产自东南亚。
夏天早晨，荷花从水面探出脑袋
阵阵芳香扑鼻而来。淡红色的花
如蜂巢，其中有种子。荷花榨汁
有止咳的效果。

洗净芜菁的根

芜菁味噌汤

芜菁软软的，可以
整个儿放进汤里。
茎部用水洗净，
可以直接吃。

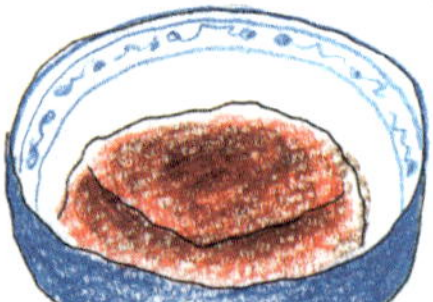

鱼冻

昨晚做的鲷鱼结成鱼冻了，
吃起来爽滑可口。

莲藕丸子

将莲藕磨碎，与淀粉、
鸡蛋混合，然后油炸。

鳗鱼风味

将莲藕磨碎，
与山药、淀粉混合，
然后放到海苔上，
接着油炸。
与鳗鱼烤串相似。
气味香，味道美。

芦笋

百合科多年草本植物。原产自南欧，含有丰富的维他命、氨基酸。

刚收获的芦笋会溢出透明的液体。我觉得一定很有营养，就啾啾地往嘴里吸。

这片芦笋田已十五岁了

说起来或许难以置信，却是事实。
每年可收获一百二十株左右，而且长势喜人。
可以长到五十厘米，很软。
用热水煮，能闻到新鲜玉米的气息。
呈深绿色，鳞片很坚硬。
味道浓郁，是市面上芦笋的十倍。
我如此坚强，正是汲取了它的营养。

生菜

菊科，一种沙拉菜。
自家种的生菜脆爽甘甜，水分还会往下滴。外层叶子颜色深，味道也浓厚。叶上有很多蛞蝓，还有它们的粪便。

春日，静静地在婆婆纳花下死去

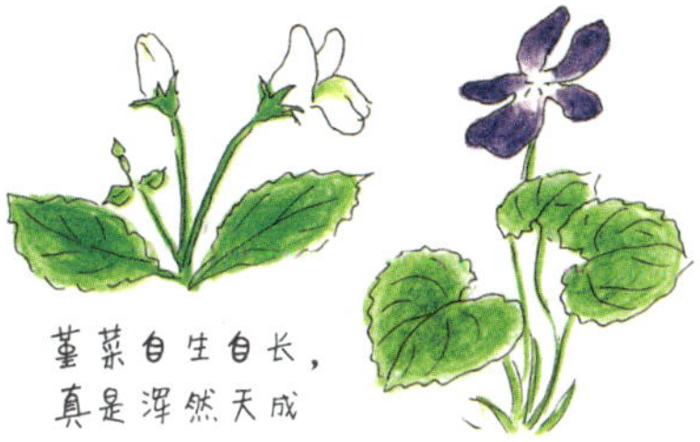
堇菜自生自长，真是浑然天成

在春天的雨丝中，
不知名的鸟儿
嘎嘎地叫着，
啪嗒啪嗒地
飞往多摩川。

麻雀

麻雀们在葡萄柚枝头齐声欢唱。
竟然有一百来只，忽然又一齐停止鸣叫。
如此来来回回，真是热闹非凡。

乌鸦筑巢

放在停车场卡车载货台上的刷子，
被乌鸦叼了出来，这是我干活用的。
它扑哧扑哧地敲打了几下刷子，
然后把毛一根根地拔出来。
或许是为了哺育幼鸟筑巢用吧。

云雀

“借给我一升，还你两斗，很划算，很划算”，
据说云雀的叫声是这个意思，我却只听到
“哔哔唧唧哔哔唧唧、哔噜噜哔噜噜”的声音。
它们时而在空地上筑巢，时而在高空鸣叫。
空地建起住宅之后，云雀就不再光临了。

洋槐

豆科落叶乔木，原产自北美，
生长速度快，
几年就能长成一片洋槐林。
开白花，有甘甜的芳香，
周遭都被这股香味包围。
蜜蜂们可喜欢这种花了。

春日里，在翩翩而落的洋槐花下死去

灰胸竹鸡

鸡形目，雉科的鸟类，
原产中国南部。
清晨和傍晚总能听到
好像“来一下啊”的大叫声。
我带着狗狗去林中散步时，
遇见了拖儿带女的鸟妈妈。
三只鸟宝宝专心地
跟在母亲身后。

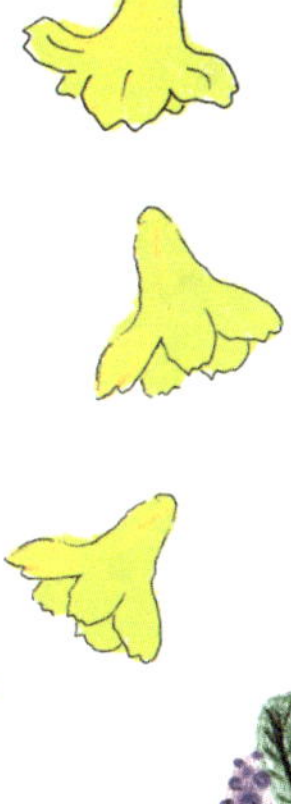

常绿钩吻藤

马钱科。这株已二十六岁了，
是从一位千叶来的
卖花婆婆那儿买的。
每年花开的时候特别香，
玄关前也变得异常漂亮。

鹎

想着今天可以摘果子了，
可一早就被鹎抢先一步吃了。
为鸟儿的机敏干杯！

Daisy（雏菊）

菊科多年草本植物，原产于欧洲，也叫延命菊。
没有经过改良，所以基本保持着原来的样子。
小时候，我们家的庭院里就种着雏菊。
每次看到雏菊，就特别怀念过去的时光。

薰衣草

从薰衣草旁经过，清爽的香气阵阵飘来。
它属于唇形科，原产地中海。

耕地

春天要播种蔬菜种子，得唤醒农田的泥土。
宝盖草、野芝麻和紫色的花交相辉映，像绵延的绒毯。
一下锄耕地，春泥的芳香便扑面而来。

荠菜

果实像三味线的拨片，从茎上撕到悬垂着，会发出砰砰的声音。
我经常这么玩。

葱花

葱为了结出来年的种子，
开满了白色的小花。
凤蝶翩翩飞来采蜜。

四籽野豌豆

黑色的种子碰到周围的叶子，发出啪叽啪叽的声音。

杂草竞相争艳

蛇莓里面是雪白的果肉。

看麦娘

在茎部挖孔，
对着孔吹气，
听到哔哔的草笛声。

老鼠君耕田

春天，为了种植蔬菜，
把农田翻了一遍。
没有清除杂草，
因为有很多微生物和
昆虫生活其间。
泥土和青草的芳香
带给我
奔向未来的勇气。

堆肥

附近的斜坡有一处
没有水的沟壑，上面落满了树叶。
落叶发酵后就成了肥料。
用麻袋背了十袋回去，
顺便清理了大山，
可真重啊。

水蛭

是山水蛭吧，
会吸人和动物的血。

青步行虫

它们慌慌张张地
从落叶中爬出来。

食虫椿象

肉食类昆虫，
吸食其他
动物和昆虫的血。
也会吸食杜父鱼和
甲虫的体液。

事先准备的午餐
味噌芝麻高菜饭团

老鼠君用草药放松

饭团吃得有些晚，
饭后老鼠君泡草药浴解乏。
水里放了橙皮、红花、
陈皮、当归、黄芩、山楂、
黄白、花椒。

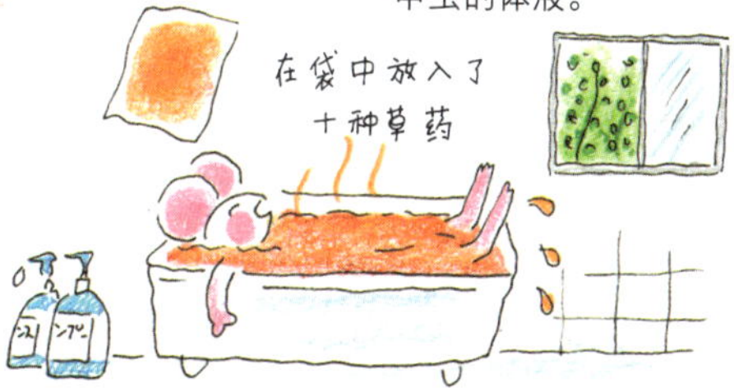

将一只幼虫放在手中，非常温暖，大概有5厘米

杂木林的秘密

家附近有一片杂木林，有许多枹栎树。
地上到处是腐烂的树叶。
垒得高高的树叶堆已开始腐烂，
打算带回去做肥料……谁知，
柔软的腐叶中尽是双叉犀金龟子的幼虫，
得有三十多只。移开当被子的落叶后，
幼虫们开始慌张地蠕动。它们大概有五厘米长，
还会发光，能闻到甜甜的发酵味道。
我重新盖上落叶，对谁都没有提起。

有活力的油菜花

四月末的阳光很毒。
我摘掉了农田的杂草和油菜花。
杂草的根部鼓鼓的，蓄积了
很多软软的泥土。油菜花是前几天
摘的，可此时它们依然仰着头，
非常有活力。
生命力令人惊讶。

豌豆也上市了

整整一个月，我都在吃豌豆。
留着没摘的长得很好。
大概可以做四次豌豆饭。

传统的豌豆料理

豌豆只需用热水煮，
就很鲜美，
豌豆鸡蛋汤和豌豆饭
格外美味。

豌豆鸡蛋汤

豌豆饭

花水木

院子中的白色花水木全开了。
入夜，星光点点。
树下，款冬开始抽出新叶，
在树荫下，茎儿分外柔软。

嗅觉灵敏的两位

我开始准备做饭的时候，
本来在熟睡之中的小栗和小葡会
撅着鼻子过来，因为能吃到
最爱的“麸皮”了。
又是静坐、又是伸手，
还转圈、匍匐，表演完后，
它们终于得到了心爱的食物。

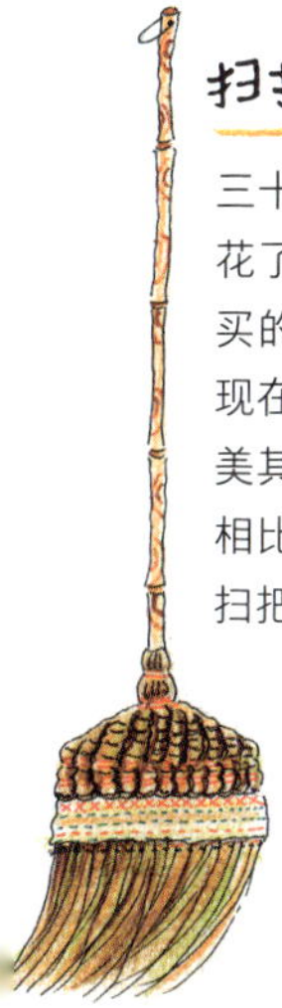

扫把

三十年前，
花了 12000 日元
买的草扫把，
现在仍然在用，
美其名曰座敷扫。
相比吸尘器，
扫把用起来更便利。

整理衣物

有七成是不穿的衣服。质地好，价格高，还承载着我的记忆……
都是因为一些莫名其妙的理由混乱不堪。整理完，心情无比舒畅。

大件垃圾

顺便整理了寝具，清理出
一堆大件垃圾，处理就花了
3000 日元。

疲惫不堪的我

情绪低落，疲惫不堪，
也不想画画。
做饭真麻烦，
但是好想吃饭啊！

May

5月

放眼望去，树木茂盛，色彩缤纷。

新叶闪闪发光，充满生气，

遮蔽了五月晴朗无比的天空。

微风穿过森林吹来，芳香四溢，我深深地呼了口气。

蓝天下，鲤鱼旗无畏地招展，

从山间传来黄莺的鸣叫声，

这一切都带给我勇气与活力。

拂晓时分，听到了期待已久的杜鹃初啼，

雀跃万分，喜不自禁。

五月多白花。

白色柑橘花的醇厚香气，

金银花令人舒心的芬芳，此刻在我周身流淌。

白桦的新叶

转眼之间，白桦树抽出了
鲜嫩的浅绿色新叶，
铺满整个窗户，
发出沙沙的声音。
我感受着春天的气息，
抬眼望去，彩霞满天。

飘窗外的风景

小葡与小栗都喜欢
能看到远处风景的窗子，
总是对着远处眺望。

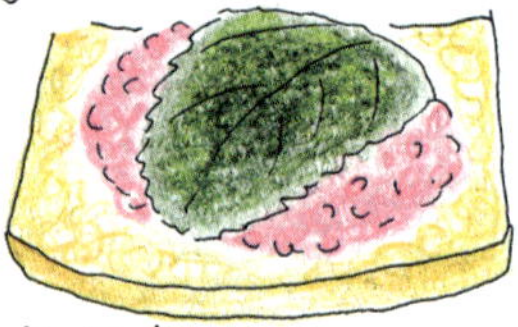

春天的午后点心

道明寺的樱饼，是用
盐渍的大岛樱的叶子做成。

春天，经常喝樱花茶

君子兰冬天也在
户外茁壮地生长，
此刻正灿烂地绽放

这一株里
集聚了
带着细毛的种子。
它们飞出来，
飘舞在空中

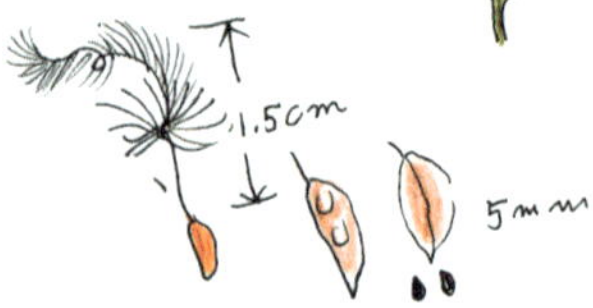

天竺葵的秘密

本以为蒲公英的种子飞到了天竺葵的花瓣上，
可是仔细一看，这是天竺葵自己的种子。
真令人惊讶。开花之后，
结出喇叭花花蕾一样的种荚，
其中有几粒带毛的种子。

播种玉米

禾本科植物，原产自中南美。
连日晴天，农田干燥得咔咔响。
我翻土，然后播撒玉米种子。
担心鸽子和乌鸦
会把种子叼走，
然而也没办法。

蔓桔梗

蔓桔梗的花呈透明的紫色，很漂亮。
长势很猛，把玉米田占领的话，让人很为难啊。
虽然可怜，我还是剪掉了它们，
才发现根部已深入地下，看来绝不能同情！

日本地杨梅

高约十厘米，虽是杂草，
也可以当作花草观赏。

梧桐花

玄参科植物，原产自中国。晚春时分开花，芳香四溢。
梧桐木具有耐火性和耐湿性，往往用作橱柜和家具的材料。
叶子还具有防虫效果。

三角形的花柱枝上开着花，
看起来像一顶尖尖的帽子。
香气优雅，即使在远处也能闻到。
花儿枯萎了，但香气依旧。
紫色的花真的很高贵！

义卖会

连衣裙是在
附近公园举办
的义卖会上买的，
只需一日元。
牛仔裤也是，
只花了两百日元，
还有弹性。

制作简易蛋糕

花了1050日元买来的蛋糕坯，
是以有机蛋和小麦粉为原料的。
用蛋糕坯、冬天做的柚子酱以及
生奶油制作蛋糕。有种自然的口感，
很棒，分量也很足哦！

豪华的蛋糕就完成了！
雪白雪白的，看着很华丽。
直径二十厘米，
切一块也不小。

榨汁用的猕猴桃

猕猴桃还很硬，
把它与苹果、橘子、柠檬
放在一起。放软的猕猴桃
不光可以榨汁，
还可以直接食用。

市面上卖的布

买了布丁回来，
然后涂上
生奶油，
便是绝佳的零食。

抹茶粉多撒点更好吃，
正好跟涩涩的咖啡搭配。

用软瓶中的巧克力
进行装饰，
或是用槭糖浆代替，
也很美味。

葡萄柚的花朵

葡萄柚是芸香科柑橘属的大型柑橘，原产印度西部群岛。果实像葡萄般成串，因而得名。

院子里那株葡萄柚已经有三十年了。

大约八年前开始结果。

如今高达八米，直径有三十厘米，花全开了。

可以收获将近二百个柚子。

气味芬芳清爽。

花儿凋谢了，纷纷飘落在地。

高雅的芬芳依然流溢在小院中，

令我觉得幸福万分。

猫咪们

一入夜，附近的猫咪们都聚在一起，

经常能听到凄惨的叫声。

铃兰花和果实

铃兰花成片地生长着，

娇小的花儿摇曳在微风中。

运动后饮用柑橘酵母液

运动完，大口大口地喝着柑橘酵母液，

全身的细胞都恢复了活力。（做法见 13 页）

迷迭香绚烂地绽放，像一座座花的小山。

从一旁走过，细胞好似复苏了一般。

60克
380日元

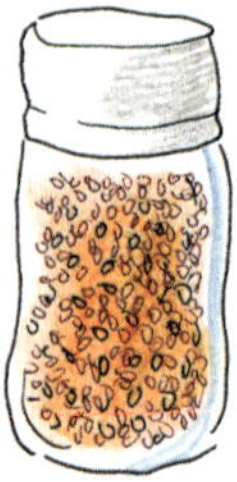

研磨得
这么细，
才能食用

在洋葱调味汁中加入
芝麻，味道非常棒

芝麻

胡麻科一年生草本植物，
原产自非洲。
夏季开花，九月左右收获。
日本芝麻的自给自足率约为 1.05%
这种黄芝麻基本是在国内栽培。
不用农药，价格偏高。
我只能偶尔吃吃。

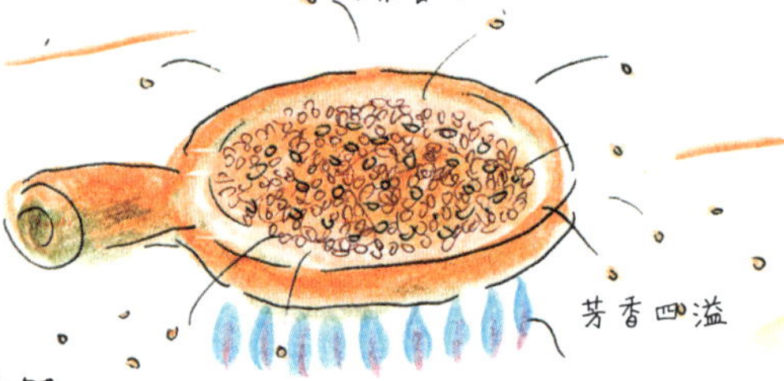

芝麻粉

不要把刚研磨好的芝麻粉
混上天然盐撒到米饭上，
因为你会一下子吃好几碗。

浅砂锅

用素陶平底砂锅，
小火慢炒芝麻。
飘来阵阵醇香，噼啪噼啪响
的时候，就可以起锅了。

熊本县牛深市
产的盐，富含
天然矿物质

蔷薇花拱门

在公共场所的入口处，
有一个很华丽的蔷薇花拱门。
白蔷薇有香气，
黄色的却没有。
不管哪种蔷薇都如此高贵。
我想在小院里种上大片的蔷薇，
然而蔷薇生长快，打理起来很麻烦。
小院里的野蔷薇没怎么打理，
也好好地生长着。

在窗口远眺风景的小栗

小栗蹲在飘窗前，耐心等待着过来散步的狗狗，一发现，就会不停地吠叫、胡闹。

雨天的小栗

我告诉小栗“今天下雨了”，它便眼神迷离，仿佛在说“好的，我知道了”。

爱发脾气的小葡

谁做了让小葡不顺心的事，它就会很生气。因此，我很难帮它清理眼屎。

小葡每天的功课

吃完晚饭，小葡就用毛毯擦拭嘴巴，然后喝水，选个喜欢的玩具玩儿。比如，在木马上哼哧哼哧地运动，能坚持三十分钟。玩累了，晚上睡得格外香。

爱玩具的狗狗们

小栗和小葡都喜欢玩耍。十四岁的小栗说着“玩吧、玩吧”，邀请别人一起玩。它喜欢与小葡一起嬉戏。

狗狗开车

小栗不愧是男孩子，很喜欢车子。每次坐车都显得特别兴奋。一旦上车就麻烦了，会一直叫。速度慢下来就乱吠，好像催我快点开似的。而小葡在座位上没一分钟，就呼呼大睡。

青叶鸮

五月，新叶在微风中散发出阵阵清香，
闪闪发光。从附近的森林传来
“啵——啵——”的轻柔鸣叫。
有一天，我发现覆盖着菜园
的细网内，有一只死去的青叶鸮。
菜园的主人啊，你这般
想保护你的菜园吗?

苹果花

去年，农田边的苹果树
只结了两个果子，而今年花儿正盛

自那以来，就没再听到过
青叶鸮的鸣叫。如果它还活着，
应该会在青葱密林中繁衍子嗣，
来自林间的叫声也会不绝如缕。
它们有大大的眼睛，
不禁让人感到怜悯。
小小的动物，
慢慢地从地球上消失了，
如此珍贵的生物将不复存在。

半边莲

桔梗科，原产自非洲，
开紫色花，花型小，
密集地绽放，
是徒步旅行时最美的风景。
然而生性娇弱，适合生长在
雨水淋不到的地方。
意想不到的是，
半边莲含有生物碱，
是有毒物质。

斑鸫

雀形目鹟科，多在西伯利亚
中部和东部繁衍，
秋季成群结队地来到日本。
人们曾捕获它们当作食物。
它们以昆虫为食。
去往日本的季节来临，
斑鸫会选个好天气出发。

洋地黄

原产欧洲，玄参科大型多年生草本植物，
有个美名“狐狸的手套”。
今年花朵的数量是去年的五倍。
每株高约130厘米，宽约60厘米，
开了将近一百朵花儿。
花有淡紫红色和白色两种。
小栗生病时用的就是洋地黄制的药。
它常作为利尿剂和强心剂使用。

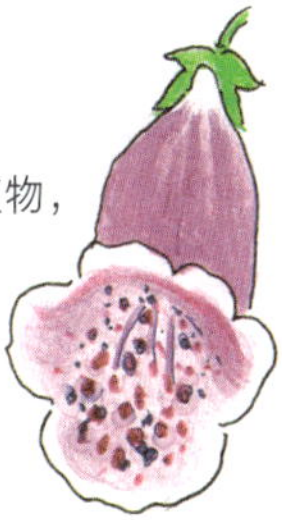

五月阳光炙热

五月的太阳容易晒伤皮肤。
许多人躲避阳光，
可是阳光中也有对人
身体有益处的光线。
我们是否对紫外线太介意了呢？

紫露草

美丽的紫花天天盛开着。
花蕾异常坚硬，
看似柔弱，生命力却极顽强。
据说它们是生物
实验的材料，但不知作何用？

虎耳草

花瓣娇小，却很成熟。
并不起眼，周身长着
软软的白色细毛。
叶子可以做天妇罗
的食材，嚼劲好。
还能用来
治疗冻伤和咳嗽。

香水百合

整整十七年，年年
绽放。疏于打理，
花瓣一年比
一年小。

红花拉培疏鸢尾

我常常将它唤作金
鱼草，正式名称是
红花拉培疏鸢尾。

好冷啊

衣服比平时穿得多，可还是暖和不过来。
背部凉气阵阵，手脚也冰凉。
明知是要生病了，可就是冷。
喝了热热的柚子茶，还是冷。
房间里也开了暖气，依然冷。
是不是只有我感到寒冷？

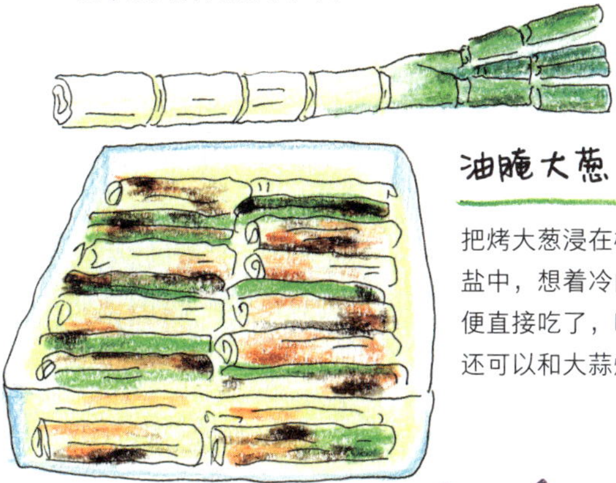

油腌大葱

把烤大葱浸在橄榄油和盐中，想着冷的好吃，便直接吃了，味道不错。还可以和大蒜炒着吃。

果不其然，感冒了

翌日一早，咳嗽，发冷，浑身无力……
正是感冒的症状。
春天的感冒，怎么说呢？
很久没有伴着感冒入眠了。
睡啊，睡啊，睡啊，
无暇去医院看病。
整整睡了两天，第三天，
身体渐渐恢复，也开始有食欲了，
貌似已经痊愈。

热身

昂首挺胸往前走，感受身体的动作

慢慢地加快速度

抬腿做爬楼梯状

达到能出汗的速度。此时差不多走了 2.5 公里

之后放慢速度

制作狗粮

将这些食材放入料理机打碎，然后放进小袋冷冻。将处理后的食材加入狗粮，新型的狗粮就做好了。
煮的时候，
小栗和小葡闻到香气赶来，
久久不肯离去。

放凉之后，进行冷冻

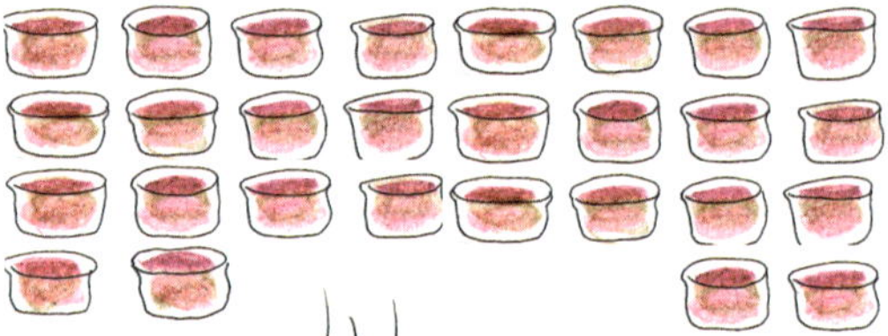

小葡抓耳挠腮

小葡发出呜呜嗯嗯的声音，一边抓着耳朵，真是异常可爱啊！

米蝶赢？蜜蜂？

房间里来了一只虫子，
想把它赶出去，
它慌忙向我丢来
抓到的褶管巢蛛。
蜘蛛如绒毛般飘向我。

最爱的食物

小葡是个美食家，
一看到美味的食物，
就按捺不住。
而小栗不管吃什么
都很开心。

从田里采摘的豌豆和芦笋

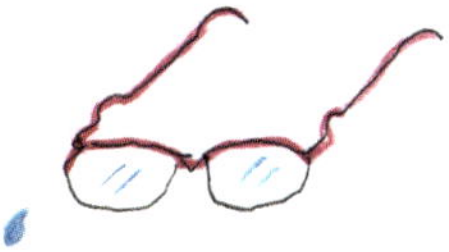

珍爱的眼镜

在农田里，我把
最喜欢的一副眼镜弄丢了。
想看野蔷薇的花粉，
就带着眼镜去农田。
初开的野蔷薇
散发出阵阵芬芳，
花蕊上点缀着黄色花粉。
豌豆果实累累，
采了整整两公斤。

眼镜明明是落在农田里的，
可是回去找，却找不到。
怎么也找不到啊！
鸟巢里，乌鸦嘎嘎地叫着，
眼镜肯定被它们叼走了。
哎，只能如此认为了。

万绿丛中

春雨过后，繁盛的树叶遮住了天空。
新叶散发着光芒，微风吹拂，
低落的心情被治愈了。
卧病在床的时候，
多想在这片绿色中接受治疗啊。
在黄莺的鸣叫中，
在山雀的四重奏中，
在新叶的芳香之中，
必定能恢复健康。

子抽新叶

过天晴，柿子树的
干黑乎乎的，
叶显得如此妖艳，
深迷醉了路人。

葡萄柚树

三十年前，吃完果子把种子撒在泥土上，之后它茁壮成长，长成高八米、树冠宽六米的大树。如今有三十岁的树龄了，硕果累累。

果子狸

灵猫科的哺乳动物，
体长 51 至 76 厘米，尾长 50 至 64 厘米。
多见于亚洲南部以及日本四国地区。
从柚子树上传来沙沙的声响，
果子狸敏捷地攀上枝头，开始大口吃葡萄柚。
好像发现我在看着它，
它急急忙忙地丢掉果子逃跑了。
树下净是种子般的粪便。
在四国，它往往被当成麻烦鬼。

菊花扦插

每年一看到菊花的新芽，
就想进行扦插。
期待着秋季菊花
绚烂盛开的情景。
切下一段茁壮生长的菊花茎
阵阵芳香扑面而来。
然后栽入盆中，
它就能顺利生长了。

蜈蚣的孩子

在腐叶土中，有几条刚出生的蜈蚣。要是长大了就麻烦了，就这样放回泥土中吧。

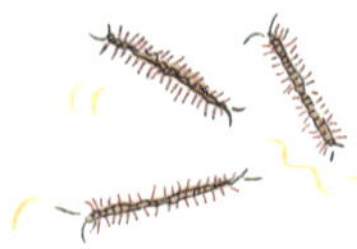

暗绿绣眼鸟

鸟儿很开心地要去啄橘子，
但我肯定不允许。

姬鼠

姬鼠尾巴很长，约有八厘米，是日本特有的品种。它们经常出没于小院内，拽着粉色的花瓣一圈一圈地转，然后开吃。

这花曾经种在富士川的大坝上，
我采摘了一株，
如今，已繁花似锦

田间麻雀

麻雀成群结队地啄着
田里的杂草。褐色的麻雀
好似田里的泥土在蠕动。
鸟鸣阵阵，好不热闹，
真是一群可爱的小生灵。

永别了，春白菊

菊科多年生草本植物，原产欧洲。
跟木菊很相似，非齿形叶边。
每年，它们总是如期
绽放可爱的花朵。
此刻花蕾朵朵，许是花期将近。

遗憾的是，邻家停车场的主人
在喷农药。“农药飘到我家了，请停手。”
正要劝阻，可是已经晚了。
春白菊仿佛向我告别般枯死了。

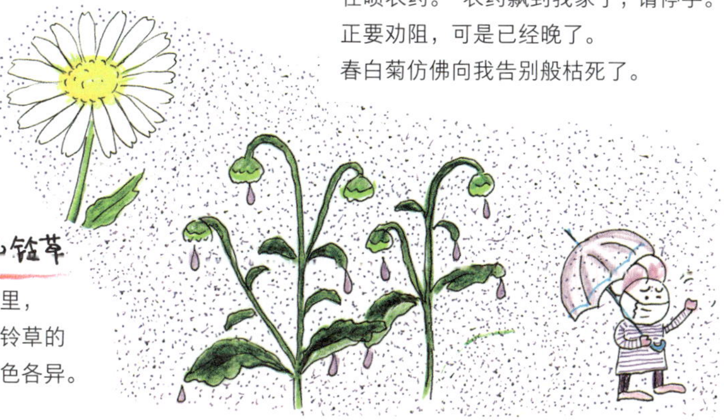

紫斑风铃草

这幅画里，
紫斑风铃草的
花朵颜色各异。

藤萝

在附近的公园内，
有一处漂亮的
藤萝棚架。
紫藤开着各色花朵，
在微风中轻轻摇曳。
花儿甘甜的香味
扑面而来。
藤蔓很强韧，
可以用作绳子，
也可以编制箩筐。

紫阳花也
长出了花蕾

小院的款冬花下，老鼠正在啃食花朵

新茶

我出身于静冈县，一到新茶时节，
便难掩兴奋。
泡茶的方法与平时不同，
用的是小巧的茶杯，
香味尤甚，还能闻到新叶的清香。
茶树在冬天储藏养料，
在春天抽出新芽，
如此这般，能不美味吗？

樱叶饼

将小麦粉和糯米粉混合，做成薄面皮，
然后加入馅料，再用盐渍过的樱叶包裹。

广玉兰

木兰科常绿乔木。初夏开花，
花瓣直径约为二十厘米，有芳香。
花一般绽放于高处，
闻到花香，才知花儿已开。

忍冬

忍冬科半常绿缠绕灌木。
香味甘甜，令人陶醉其中。
开白色唇形花朵，之后花色会变黄，
因而也唤作金银花。
茎、叶经过干燥，可用作药材，
有利尿、健胃以及解暑的功效。

女贞

木犀科常绿灌木，长在关东以南地区。
花朵呈锥形，娇小的白花在枝头繁盛地绽放，
压得枝儿低低地垂着，
散发出浓浓的芬芳。漆黑的果实可入药，
制作成营养剂。真是强大的树木！

农田防蚊

农田里的蚊子
发出嗡嗡声，
我花了 2900 日元，
买了防蚊用的网帽和护臂。
网状的通风性好。
这样就可以好好干活了，真的很方便。

生菜

有两种生菜，
红生菜带苦味，
绿生菜味道爽口。

June

6月

我家附近有一片水稻田，

绿色的稻穗郁郁葱葱。

一到傍晚，雨蛙呱呱叫着，声音大得令我惊讶，

却意外地令人舒畅。

树木的颜色渐深，

刺槐树的白花开得灿烂，香甜的芬芳漂浮在空中。

森林里的树木底下，大大的百合花盛开了，

在微风中轻轻摇曳，

散发出沁人心脾的香气，令人迷醉。

在这片芬芳中，黄莺与杜鹃的鸣叫声

此起彼伏，似乎在竞争。

大概是杜鹃把卵产在黄莺的鸟巢中了吧。

这个时节，鸟儿和昆虫也都忙碌地哺育孩子。

梅雨时节多少有点厌烦，可是唯有在雨中，

花儿才能展示出如此美丽的姿态，引人折腰。

建了第一种低层住宅区[1]

不知得到哪方的同意，住宅条例出现了变化，允许在低层区域建造商业住宅。钻了条例的空子，我家附近的半山腰上开始出现高楼。本是流水潺潺的森林……而且明明建了两栋，相关负责人却硬说一栋。反对声毫无作用，绿色的风景就这样消逝了。

①日本城市规划分类的区域之一。为了维持低层住宅区域的环境，开发的条件非常严苛。

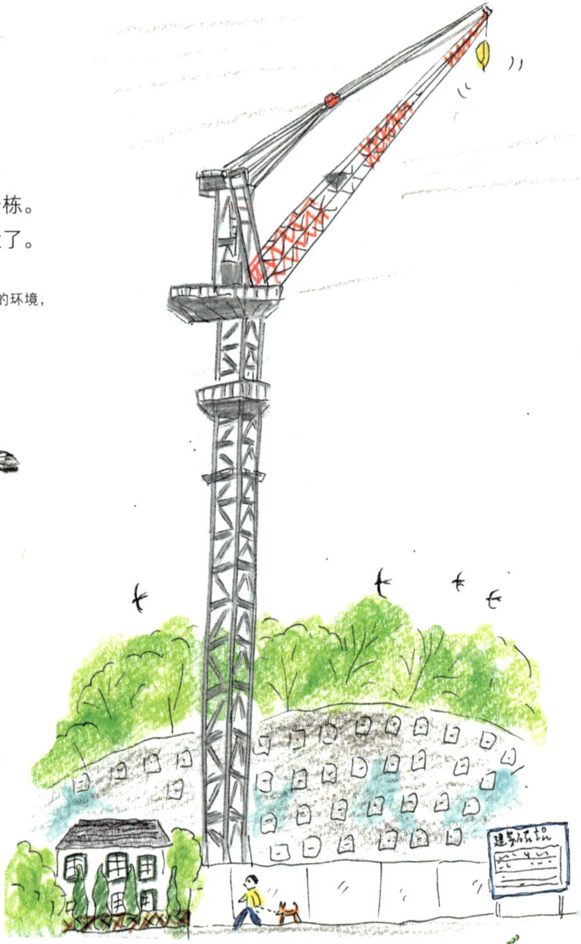

杜鹃改变路线

杜鹃鸟的汉字写为时鸟、不如归和子规。它们不自己筑巢，把蛋产在黄莺巢里。在施工现场上方有片竹林，那儿有黄莺筑的巢。杜鹃本是去往黄莺巢，然而今年它们改变了方向，“不如归不如归”的声音，渐渐地远去。

蝙蝠

今年周围在施工，蝙蝠还会来吗？真担心。蝙蝠飞起来一点也不帅气，却很可爱。

山上本有许多植物，现在也越来越少

螳螂诞生

六月，螳螂幼虫孵化，一只只地爬出来。
幼虫很快就会蜕皮，变成一厘米长的成虫。
像蜘蛛幼虫四散般，它们转瞬间爬向各处。
螳螂有两个圆鼓鼓的眼珠，很容易辨认。
令人惊讶的是，伺机等待的昆虫
会飞快地靠近它们。

螳螂举着两只前足，伺机埋伏，
好像在祈祷什么，
所以有些地方将它唤作
“参拜虫”或“祈祷虫”。

从虫卵的褶皱中，
幼虫一只接一只
地爬出来，好像
还带着细线。
蜕皮之后，翅膀
和尾部开始生长。

王瓜

在夜晚开雪白的花儿，
花瓣如蕾丝，四散开去，如梦似幻。
随处可见的王瓜
在夜色中开花，
平日总被人忽视。

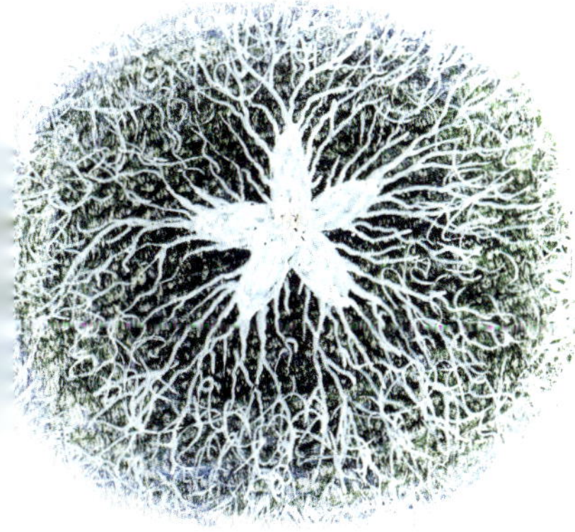

小栗中暑了

盛夏酷暑，温度达到了二十八度。
小栗双眼无神，行动迟缓，
没精神，对周遭毫无反应。
用冰块给它冷敷，大约三分钟后，
眼珠开始转动，舔舔舌头，
身体渐渐舒展。五分钟后，
完全恢复了，好像说着“饿了，
吃饭吧”，开始吃东西。
小栗又精神奕奕了，真好。

那么，剃毛吧！

中暑大概是全身
被毛覆盖，热气
难以发散的缘故。
于是我把它的毛
剃得短短的。

一起入眠

屋外雨纷纷，
散步就此作罢。
唯有杜鹃声阵阵，
好困、好困、好困。
小栗小葡的鼻息声
此起彼伏，
像一曲欢快的歌。

土豆沙拉

这是姑母教给我的做法，
非常美味。我经常做着吃。
土豆去皮蒸熟，趁热加入切碎的
洋葱、醋、盐和色拉油。这点很重要。
接着加入黄瓜、胡萝卜，以及
少量沙拉酱。

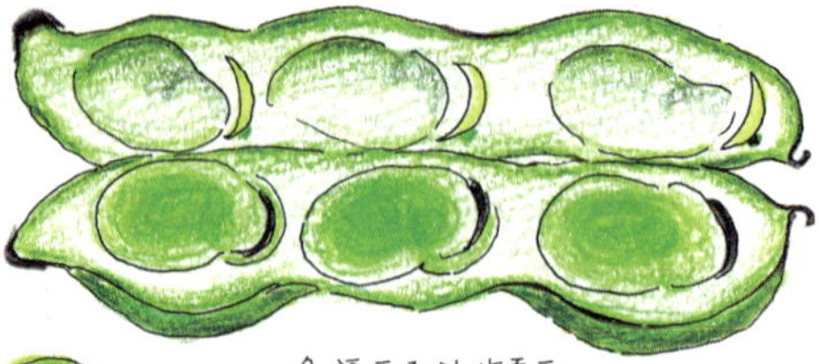

蚕豆（空豆、野良豆）

豆荚朝着天空生长。
我叫它放屁豆。
在插秧之前，先在田埂上
播撒种子。小时候，
我总是照看别人家田里的蚕豆。
揉揉蚕豆叶，往薄蚕豆皮里吹气，
当成气球玩耍。
从前，拿蚕豆当零食吃，
是一件奢侈的事。

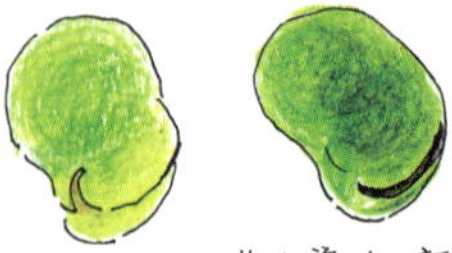

久放的山药

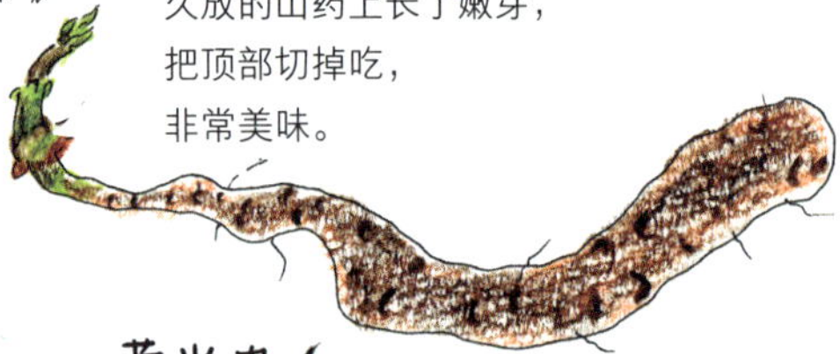

久放的山药上长了嫩芽，
把顶部切掉吃，
非常美味。

小蝌蚪

小时候，我总是看着水田上
映出的富士山。可以看到
田里有许多小蝌蚪。手和脚长出来了吗？
尾巴有了吗？我频频来到田里，
观察蝌蚪变成青蛙的过程。

萤火虫

据说世界上有约两千种萤火虫。
从前，农田里稻谷茂盛，萤火虫在
田间和小溪间飞舞。孩子们用
金黄的麦秸秆编成小笼子，
傍晚时分，来到田间捉萤火虫。

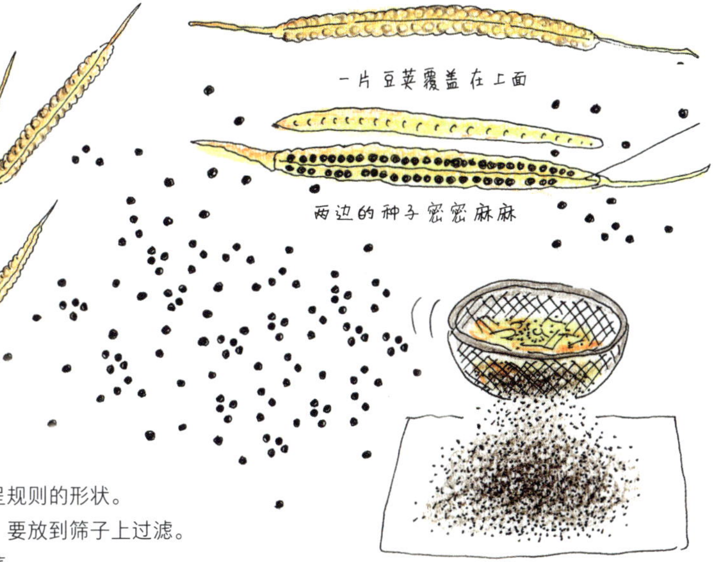

水菜种子

种荚呈圆筒状，内部空间呈规则的形状。
黑色种子大约一毫米大小，要放到筛子上过滤。
小小的种子，却能长成水菜。

蜀葵

别名一丈红，原产自中国。
蜀葵被春白菊包围着，
花期长，花儿次第绽放。
花的位置较高，所以很容易
观察到前来采蜜的蜜蜂。

黑带食蚜蝇和蜜蜂的翅膀共同发出声响。
沾染了雄蕊花粉的蜜蜂，
往根部的雌蕊飞去。

栗树花

壳斗科落叶乔木，花穗前端有大量雄花。根部有少许雌花。栗树花气味独特，有股青草味，感觉很新鲜。栗树可用作枕木和培养菇类的段木，用处很多。

柿子花

柿子的果实要放一年。
花瓣朴素，很有质感。
开始结果已经有十年了，
很期待冬天的柿饼。

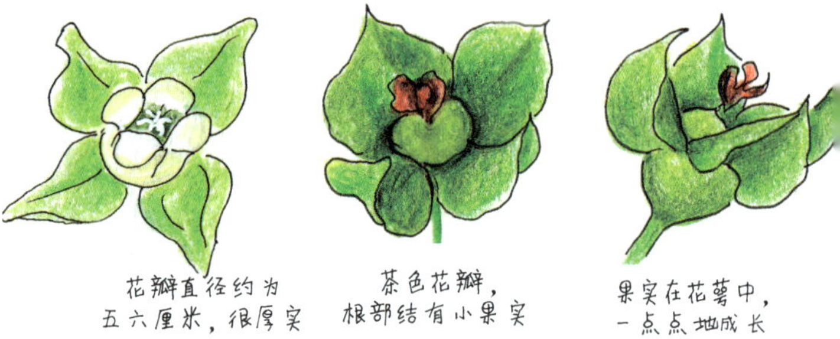

天牛

白桦有危险，天牛发出
唧唧的声音靠近它。
每天我都会
在树下检查，
看是否有白点星
天牛出现。

春菊

采剩下的春菊
盛开着金黄色的花。
浓艳的黄色让农田明晃晃的。

柚子花

柚子花盛开，香甜的芬芳漫溢四周。
翡翠色的果实变成金黄色之前，
往往被人忽视。这期间的果实
唤作青柚，在市场上有售。

桑树上的虫子们

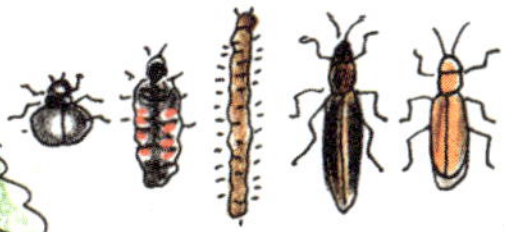

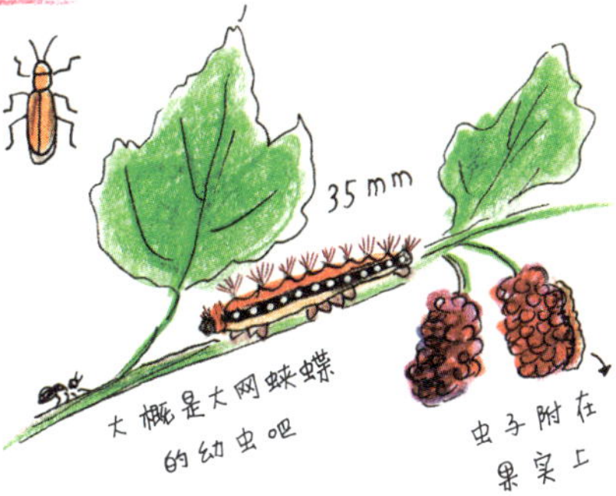

桑葚

落叶乔木，有十五年树龄。图中是山桑。
果实呈暗红色，桑叶用热水煮后饮用，
可以治疗高血压和糖尿病。
把生桑叶加到果蔬汁里饮用也很好，
我每天都喝。

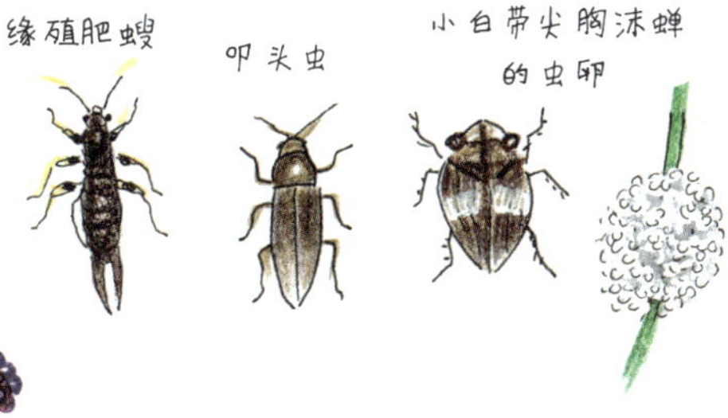

桑葚皮很薄，采摘有点麻烦。
桑葚上附有大量的明胶。
果实的中部很硬，可用网过滤。
有一些词取自它，如桑葚，染桑、
桑色等，英语叫 mulberry。

构树

属桑科，是带着狗狗去
森林里散步时发现的。
甜甜的、苦苦的，有青草味。

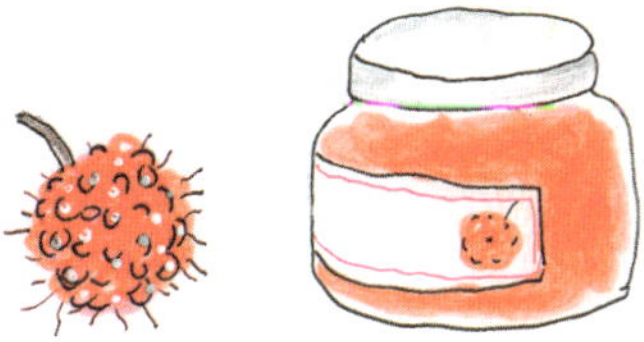

紫花堇菜（如意堇菜）

院子里的紫花堇菜
忽然绽放出花朵。
茎长长的，带点湿气。
随处都有花朵绽放。
所谓如意，就是随自己
的心意。

三叶草（白车轴草）

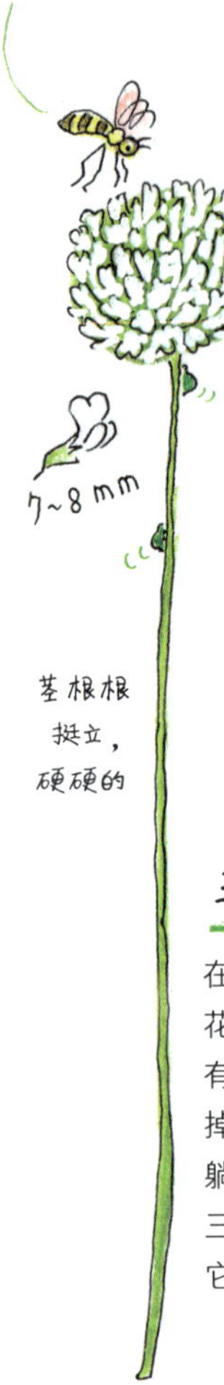

原产自欧洲的多年生草本植物。
江户时代作为蔬菜从荷兰引进。
明治以后，作为家畜饲料种植。
道路两旁生长着大片的三叶草。
蜜蜂嗡嗡地在一旁飞舞，
吮吸花蜜。
“对啊，做个花环吧”，
摘了一百三十株茎部较长的花。
每三株编织成一束。
如果没记错的话，
成品是个圆圆的大花环。

三叶草的花上净是虫子！

在外面没注意到，在家编
花环的时候发现了，三叶草上
有许多虫子，它们一只只地
掉落到报纸上。许多虫子
躺在上面，好像在互相打架。
三叶草的花是虫子的天堂啊，
它们都很喜欢这种草。

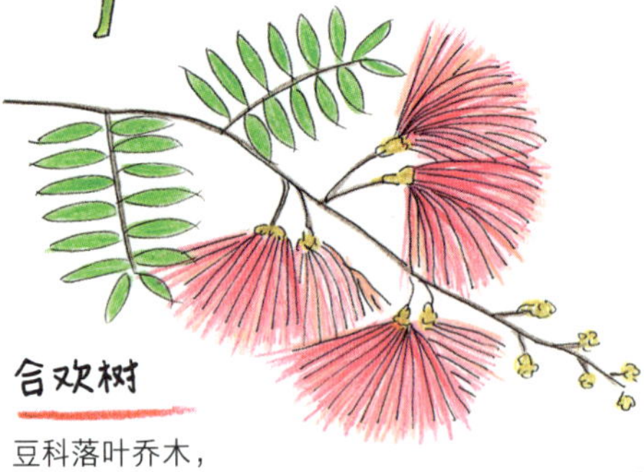

合欢树

豆科落叶乔木，
夜晚，叶子闭合着，像在睡觉一样，
因而得名。在通往车站的小路上，
合欢树年年都开花，
仿佛从山间喷涌而出，带着丝丝凉意。
在那不为人知的地方迎着微风绽放，
在葱绿的森林里愈发显得耀眼。

四照花

山茱萸科，生长于低处。
白色的并不是花，而是花萼。
花在最中间的位置，小小的那个！

蜜蜂

不管是西方蜜蜂还是日本蜜蜂，
工蜂都将花粉沾到脚上带到蜂巢中。
在六角形的蜂巢内放入花粉，然后产卵。
工蜂会飞到两公里外的花上采蜜。
不同颜色的花粉转变成各色蜂蜜，蜂巢的颜色也很丰富。
蜜蜂除了采蜜，还可以帮花儿授粉。
小时候，我曾将蜂巢中的蛹取出来，
放在油锅中煎着吃。甜甜的、
香香的，无比美味。

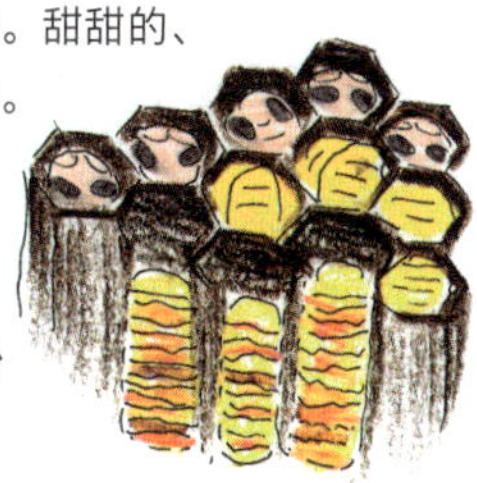

不同颜色的花粉
叠了好几层

女王蜂拥有特别大的住所“王台”，
那儿仅有一个卵，以蜂王浆为食发育成女王蜂。
用蜂蜜哺育而成的是工蜂。
我也想喝蜂王浆啊！
蜂王浆美其名曰“国王的乳液”，
是工蜂的唾液分泌物，
含有高蛋白、维他命以及矿物质等
特殊营养成分。

蜜蜂喜欢吮吸
刚盛开的花的花粉

蜜蜂不会来这朵
花上采蜜了

花粉已经枯竭了

江光熊蜂

青晨，野玫瑰上来了
一群不速之客，它们是体长
.5 厘米、带着长长体毛的
工光熊蜂，像直升机般发出
卜扑的声音，振翅而飞。
双脚沾上大量的花粉。
蔷薇高雅而香甜的芬芳
大概传到远处山上了？
锋儿们为了获取新鲜的花粉，
如痴如醉地绕着花儿飞舞。

花儿渐渐凋零的时候，
花瓣染上淡淡的粉色

红光熊蜂尾部的毛，
如黄色天鹅绒般细腻

盛放的野蔷薇

小院外，三坪大的墙上，
野蔷薇次第盛开。
阵阵高雅的芬芳流溢四散。
此番情景，或许让
昆虫们也惊讶不已。

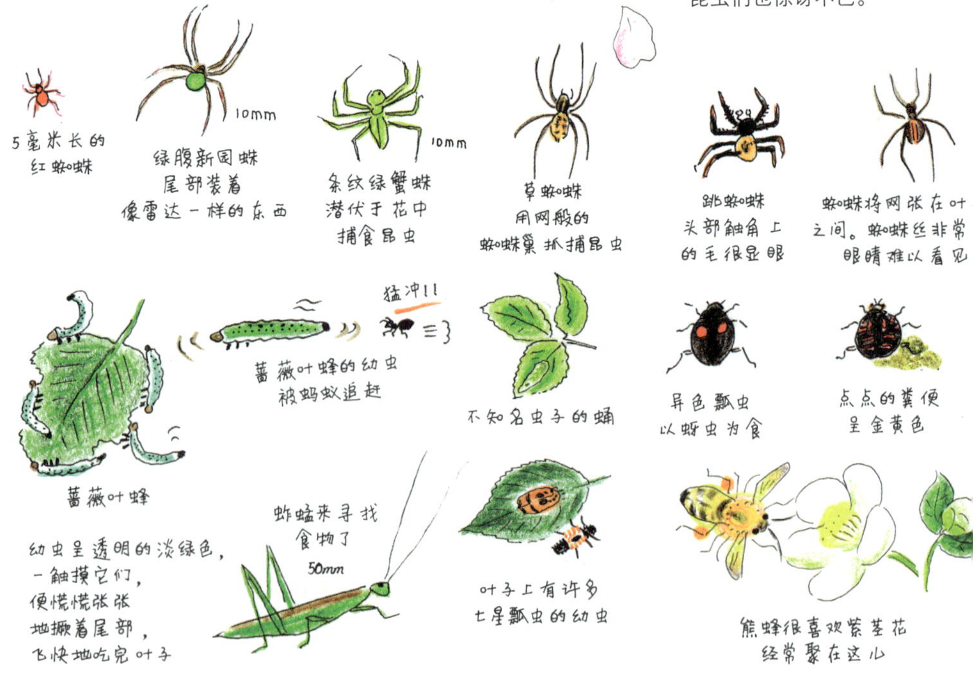

野蔷薇花丛

盛开的野蔷薇
散发着高雅而香甜的芬芳。
让我舍不得呼气，
只想一直吸进这清香。

蔷薇上的虫子

新土豆

农家大叔送了我十公斤土豆，
很新鲜，软软的、暖暖的。

腌藠头

原产自中国喜马拉雅山脉，
属百合科。在家腌制藠头，
可以保持藠头的原汁原味。
小时候，会腌大约十公斤的一大罐，
然后任凭它经受风吹雨打。
用黑糖腌的藠头，嚼起来特别脆。

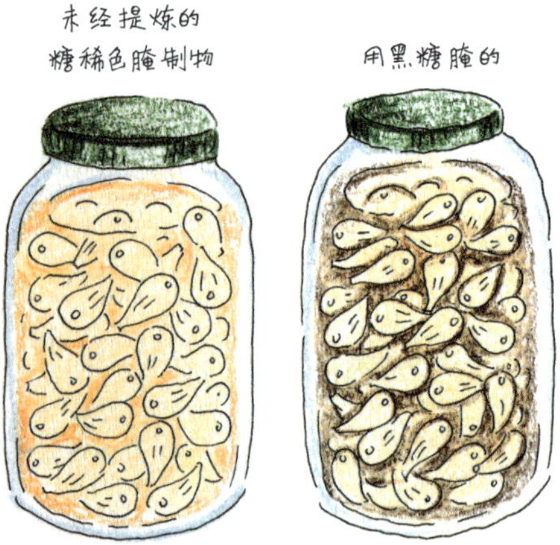

制作梅子蜂蜜

将蜂蜜加入南高梅中，
把瓶子翻转，
让蜂蜜充盈在梅子中间。
这样就可以喝到美味的梅子汁了。

芦笋

我没采摘芦笋，
任其生长，抽出叶子，
而且还结了果实。
在太阳下茁壮生长，
来年一定能长成
出色的芦笋。

小松菜籽

收完小松菜、水菜以及羽衣甘蓝的种子，就将蔬菜扔在地里不管了。
斑鸠和麻雀每天都过来啄食，
像不断在作揖似的频频点头。

采摘草莓

去年秋天，盆栽中的草莓幼苗生根发芽。
到了春天茁壮生长，每一株都结了大约四十个果子。四月到五月开始了露天栽培。

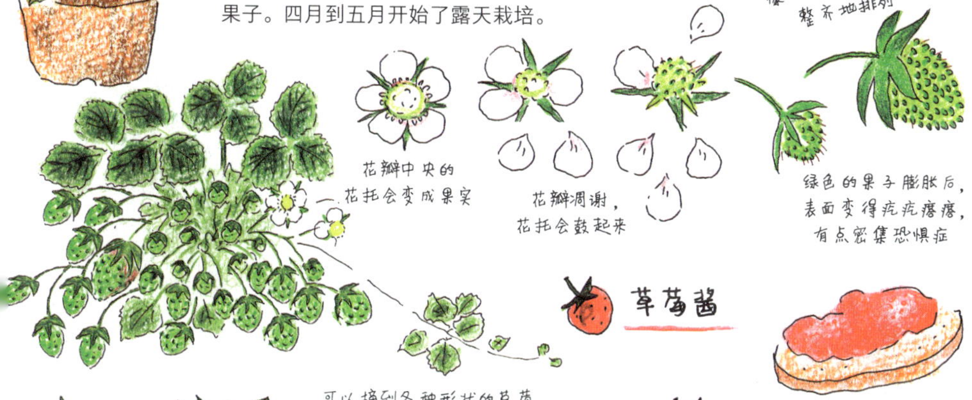

草莓酱

露天栽培的草莓
尤其甜美，
是鲜艳的红色，
味道浓郁，
最适合做草莓酱。

六月农田里
盛开的花
种子
小根蒜
粉晚樱草
小小的待宵草
红花月见草
沙头老鹳
突节老鹳草
日本络石……
夹竹桃科，长至2到3
厘米时，香气四溢
花瓣直径
约5cm
飞蓬
虞美人
花叶蔓长春花
附地菜
散发出黄瓜般的气味
苦苣菜
佛甲草
一整片都是
白色的
通泉草花朵
蘘荷
可以闻到葡萄柚花蕾
的甘爽香味
凤尾兰的花瓣
紫露草

六月的晴天

梅雨期间放晴，
心情异常愉悦。
我尤其喜欢六月的晴空。
黄莺、杜鹃、竹鸡的叫声
沁人心脾。
但六月也有超过三十度
的高温天气。

木槿

产自夏威夷的木槿，
最初不足十厘米高。
噌噌地茁壮成长，
如今，
已经有两米了。

蜻蜓低飞

站台上，我看见了
麦秸蜻蜓。第二天，
在农田上看见了红蜻蜓。
它们都会活到秋天吗？

山人掌花

了许多年的
山人掌开花了，
月开暮谢。

自家的生菜

把刚采摘来的生菜放入味噌汤中，
脆脆的生菜使味噌汤别有一番风味。

野蔷薇竞相绽放

黄莺、灰胸竹鸡、白眉鸟、山雀、
杜鹃的鸣叫声不绝于耳。田里的野蔷薇
比以往迟了三周开放，小院内的蔷薇花也盛开了。
走在盛开的蔷薇丛中，我仿佛变成了奥菲莉娅公主，
内心洋溢着欢乐。奥菲莉娅死于河边，
我却从野蔷薇中汲取了生命的芬芳。

麦秋

麦子熟了，迎来了收割时节。
不久将是梅雨季节，农民们
计算着割麦子的日子。

二位私交甚好

小栗是条迷路的小狗，曾被狗狗福利院收养。
小葡在狗狗店里无人问津，
在老板处理前，以低价买来。
小葡像亲人般依恋小栗，
但性格却特别暴躁。

年后第一次吃黄瓜

梅雨天平静地过去了，六月的阳光再次照耀着我。
黄瓜成熟了。
这是今年第一次吃黄瓜。
经受烈日和风雨，黄瓜颜色鲜艳，
香气浓郁。等了一年啊。

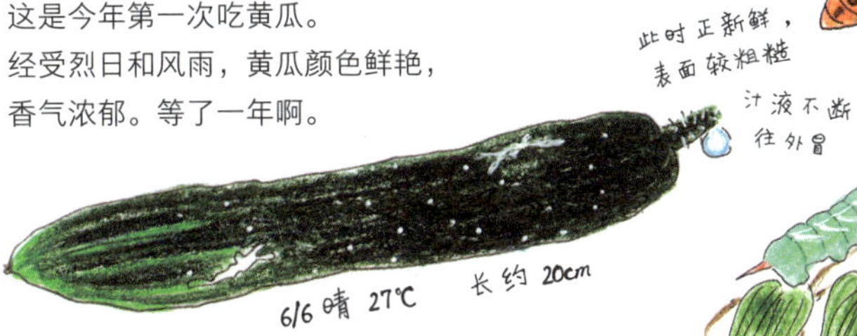

梨足蜂

长约二十三毫米，体型大，
经常光临梨园。
多摩川盛产梨，
现在，梨还很小。

天蛾

停在我家山药上，
有漂亮的青绿色外表，
软软的，体长约九厘米。
好像还有茶色的幼虫。

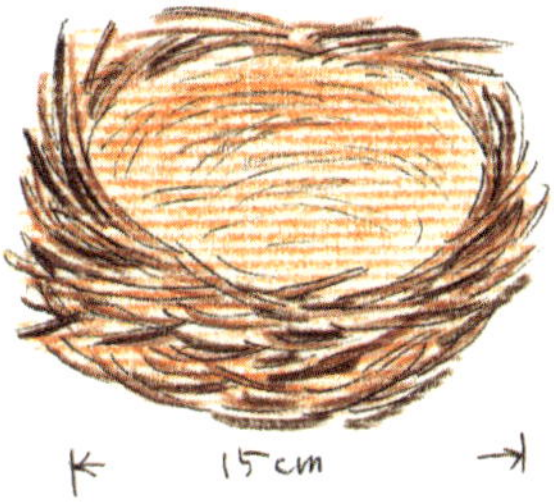

空鸟巢

为了防止被人类破坏，
鸟巢四壁滑不溜丢。

枇杷

蔷薇科常绿乔木，十一月左右开
白色花朵。翌年五月至七月成熟。
我家的枇杷个儿小，但颜色好看，
味道也甘甜，
有以前吃过的枇杷的味道。

山雀

留鸟，以昆虫、蜘蛛为食。叫声有种穿透天空的明亮，
唧唧、唧唧、唧……唧……听来像小提琴的音色。
雏鸟经受着强风吹拂，成鸟督促它们“赶快飞”。
之前怎么也飞不起来的雏鸟，拿出勇气飞了起来，
瓢泼大雨倏忽而至。

莲

转眼已经过了十年，
莲花还是没有绽放。
大概是我疏于打理，
也难怪。
此刻，水箱俨然成了
小虾与田螺的天堂，
展现在我眼前。

July
7月

梅雨一过，酷暑不日而至。

树木繁盛，遮住了盛夏的日光，

洁白的积雨云充满力量。

天空蔚蓝如水，蝉儿齐声欢唱。

日本夜蝉、油蝉、秋蝉、蚱蝉、寒蝉……

在夏季此起彼伏地发出欢愉的叫声。

为了应对夏日的酷暑，我早早地准备了

团扇、折扇、蚊香、电风扇、风铃、太阳伞、草帽等用具。

我把狗狗的毛剪了，不禁心情舒畅。

去地里没准会晒伤，

但这是来自上天的能量，我任凭阳光照在身上。

西红柿经受烈日的洗礼，深紫色的茄子闪闪发光，

还有韭菜、豌豆、黄瓜、秋葵、黄麻……都是消暑的好食物。

台风和斑鸠

这是十几年前的事情了。
斑鸠夫妇经常光临我的农田，
它们在玄关前的乌桕树上筑巢，
生了两个鸟宝宝。
鸟巢外，反季的台风呼呼地吹着。
一只雏鸟被乌鸦掠走了，
另外一只落在了小院的地上。
小鸟还不会飞，我为它做了个小屋，
看似双亲的大鸟来到小屋前，
守护着雏鸟成长。
狗狗和小猫都饶有趣味地在小屋周边瞧，
好不热闹。

与狗为友

接下来的一个月，雏鸟开始在家中练习飞翔，
累了就在十八岁高龄的狗狗背上休息。
它可以飞一段很长的距离了。

台风二度造访

运气不佳，反季台风又来了，
大风吹飞了雏鸟的小屋。
小屋从十层台阶上翻滚而下。
小斑鸠的头顶负伤了。

住院的小栗

小栗的二尖瓣闭锁不全症越发严重，
只能动手术了。
它呼吸困难，喘息急促，难以入睡。
不亚于人的手术费令我苦恼。
总不能听之任之吧，我决定让小栗住院。
日本大学动物医院的心脏手术在日本是数一数二的，
我完全相信医生的技术。
小栗的手术花了八个小时。
术后，我见到了还在麻醉中的小栗。
医生微笑着告诉我“手术很成功”，
我被医生的微笑治愈了。

小栗平时喜欢恶作剧，
很可爱，还会尿床。

入梅

入梅的新闻满天飞，
果然，每天阴雨绵绵。
所谓梅雨，是梅子成熟时下的雨。
气象学上则指的是入夏时分。

小葡没有做阉割手术，家里到处
都是它的小便，我只好给它
穿上狗狗特制的尿布。

留守儿童——小葡

自从小栗住院，
小葡就独自一个，
越发冷清了。
它一遍遍地
转着圈圈，撒娇说
“给我小甜饼”。

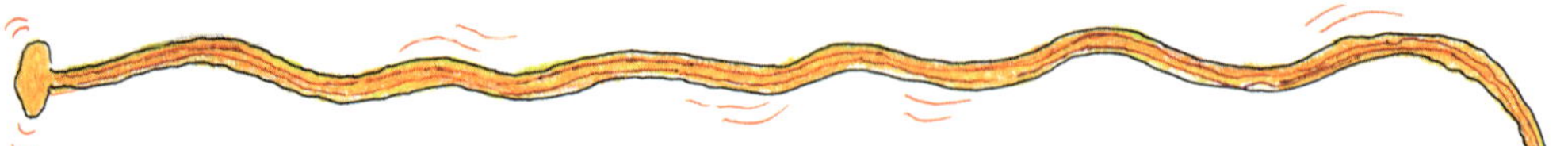

笄蛭

生活在潮湿处的带状生物，
头部像银杏叶，身体扁平，呈淡黄色，
表面有暗褐色的横条纹。
体长约为 40 至 100 厘米，与水蛭不同，
对人没有危害。

“呀……”有东西忽然从泥土里钻出来。
本以为是枯枝，
正想摘掉，它却开始蠕动，
像鼻涕虫般留下光亮的液体，逃走了，
好像之前一直附在腐烂的叶子上，
真是不可思议的生物。

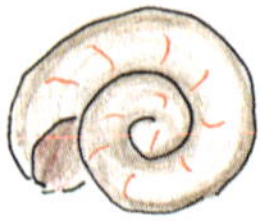

农田上有好几个
小小的
蜗牛壳

鹡鸰

嘴里塞满枯草，
在农田上来来往往。
许是在筑巢，
飞翔的时候，
白色的羽毛异常美丽。

绣眼鸟

小小的，小小的，
小小的，小小的
暗绿绣眼鸟的雏鸟，
唧唧唧唧地欢快鸣叫，
在枝头飞来飞去。

这或许是
薄荷花？

蚊子

晚上入睡之际，蚊子嗡嗡地在我耳边飞来飞去。
待蚊子靠近耳边，就用双手拍自己的耳朵。
“总算抓住你了”，然而过会儿蚊子还是嗡嗡地响。
哎，真拿它们没辙，还是点蚊香吧。

出院归来的小栗

小栗的手术很顺利，
住了十天，
今天出院了。
从医院回来，在路上花了两个小时，
一到家，就“汪”地叫了一声，
显得无比兴奋。
小栗向家里的每个人传达着自己的喜悦，
不断地玩着各种各样的玩具，
尽情地欢闹。

梅雨时节雨纷纷

六七月，中国长江流域至日本南部地区
会出现阴雨天气。雨能滋润大地，应该珍惜。
有时也会给生活造成不便。
但是对于农田里的蔬菜来说，
大雨有利于它们的生长。
顺便提一句，梅雨也称为“霉雨”。

七夕

一年一度的七夕到了，
牛郎星和织女星跨过天河，
难得见上一面。七月七日是
属于夜空的节日。

胡颓子

夏季，小院的胡颓子成熟了，
枝上有刺，胡颓子在方言中
叫作“沙棘果”。
外表很漂亮，看起来很好吃，
尝起来却有股涩涩的感觉。

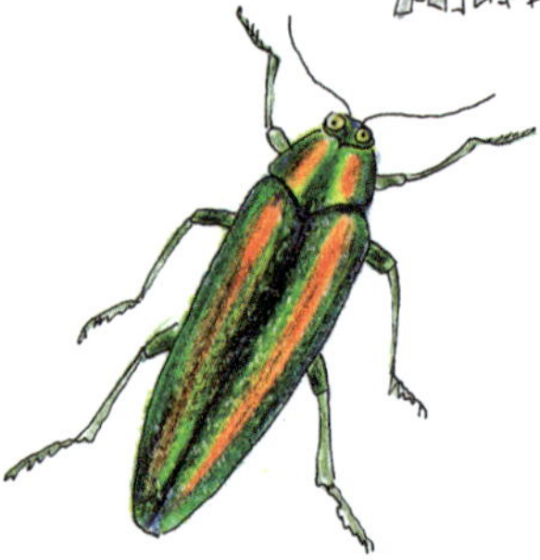

玉虫

体长在三十五毫米以内，
据说成虫几乎不进食。
从幼虫到成虫需要三年。
玉虫的翅膀较硬，可以做装饰用。
玉虫的尸骨落在玄关前，
翅膀依然散发着美丽的光。
法隆寺的玉虫厨子是用其翅膀制作的，
如今依然光芒四射。

壁虎（守宫）

跟蜥蜴同科，竟然有六百五十种，
以昆虫为食。壁虎在常春藤上晒太阳，
用水喷它也岿然不动。
纹理细腻，很漂亮，属夜行动物，有午睡的习惯。

蜈蚣（百足）

蜈蚣属夜行动物，有毒。
在日本有一百多种。
是招财进宝的兆头……然而看外表，
完全感觉不到。有一晚，蜈蚣钻入
我的被窝，咬破了我的手指，真是够呛。

出梅

明媚的夏天终于来到，
灿烂的阳光让心都明朗起来。
蓝天、白云、青山，一切都昭示着夏天来临。

风铃

风铃有玻璃、铸件、陶瓷等种类，
我更喜欢玻璃风铃的声音。
上面绘有各种图案，令我欢喜。
小时候夏日的记忆复苏了，不禁怀念起来。

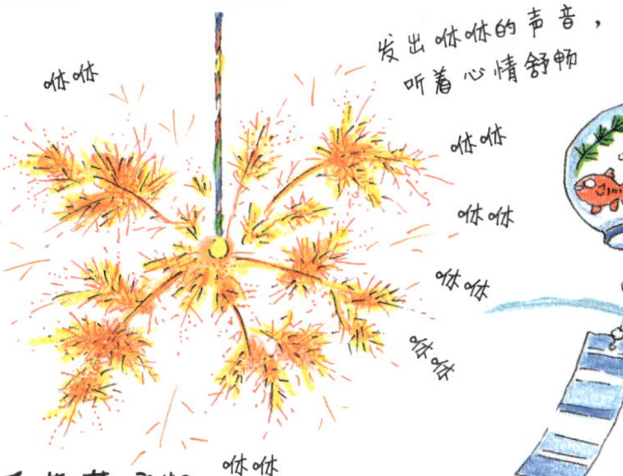

石花菜凉粉

小时候经常食用，
加入柚子醋是最美味的。

沼津离宫的松林（离宫：用于避寒、避暑的皇室别墅）

上小学时，一到夏天，经常去附近的海里游泳。那时看着气派的离宫，心怀憧憬，仿佛另外一个世界。真是令人怀念啊。

从出梅步入夏天

温度连日超过三十度。
一下步入酷热的夏天，还有点新鲜。
蔬菜茁壮成长，蝉鸣阵阵，夏日好不热闹。

黄瓜大丰收

黄瓜有四十厘米长，表面有小刺。刚采摘回来的黄瓜，切口处有液体滴滴答答地渗出。早、中、晚尽是吃黄瓜，却不厌倦。

扫晴娘

扫晴娘是为了祈求晴天，
在屋檐上挂的纸娃娃。
一到晴天，画上眼睛，
以神酒供之，然后放入河中漂走。
如今信息发达，不必祈祷，
也能很快预知天气，
但总觉得失去了生活的趣味。

梅雨回巢

也称为“梅雨再现”，
这个时期，树木的绿意更深，
散发出漂亮的光泽。
雨幕下的绿色真美啊。

蜗牛

蜗牛也叫“出出虫”，带壳。有人以为它是带了壳的蛞蝓，事实上是两种生物。

野草莓

山间小道黑乎乎的，
野草莓独自散发着光芒。
牛叠肚？褚桃？
小小的，味道却特别浓郁，
还有股酸酸的味道。

络新妇

体长一点五至三厘米。织出黄色的网，网眼很细，达两三层，它就伫立在网中。秋末产红色的卵。每年都会来到小院外，繁殖子嗣。

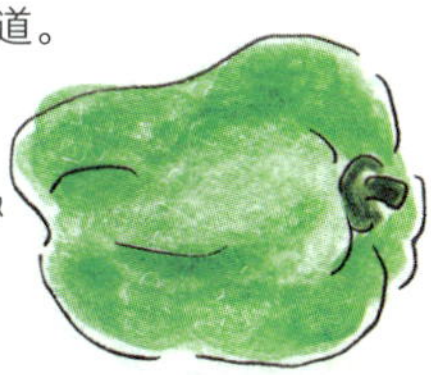

新采摘的青椒
直接生吃

猎人蜂的伙伴
节腹泥蜂

小栗被蜜蜂叮了

没发生什么事儿，
熟睡的小栗却突然大声叫起来。
我看见蜜蜂匆匆从小栗鼻尖飞走。
可怜的小栗，鼻子肿了起来。

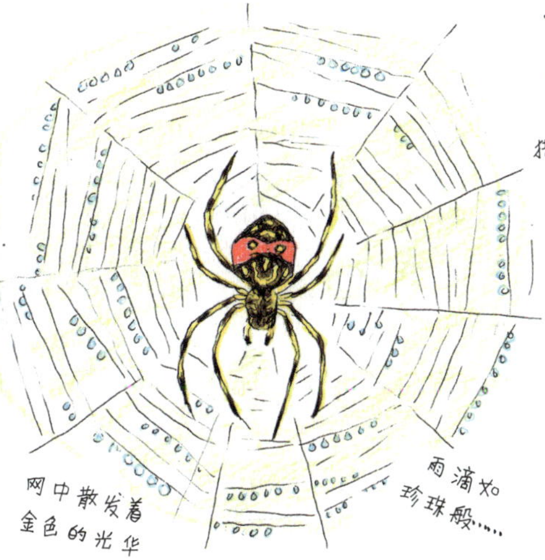

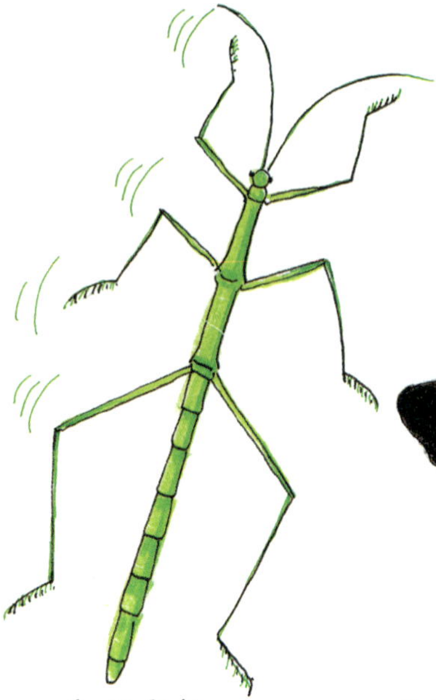

竹节虫

我发现了攀附在竹叶上的竹节虫，长约七至十厘米，
如一根小树枝般一动不动。它是拟态动物。
被硬壳包裹着的虫卵仿若植物种子，难以区分。
这长长的身躯真令人惊讶。

长崎凤蝶

长约十二厘米，
是日本最大的蝴蝶。
多见于关西地区。
没有尾巴的凤蝶，
慢悠悠地展翅飞翔，
将卵产在葡萄柚的叶子上。
樟青凤蝶、玉斑凤蝶、
德罕翠凤蝶、黑凤蝶、
长尾凤蝶等纷纷飞来。

小青铜金龟

属金龟子科，体长两厘米。
每天，总有几只小青铜金龟
啃食白桦叶，叶子如蕾丝般
出现一个个小洞。
还有许多黑色的粪便。

天蛾

小院的地上停着两只天蛾，
它们交缠在一起，一动不动。
天鹅绒般细腻漂亮的鳞粉
覆盖在翅膀上，
翅膀内侧呈粉色。

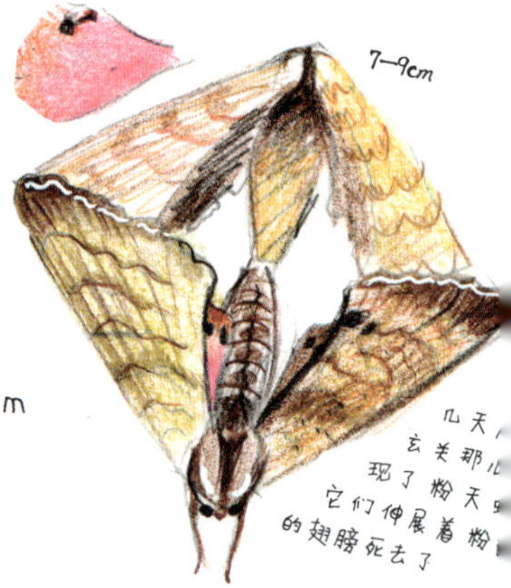

矢车菊

大多数矢车菊都是经过改良的。
这种花儿勾起我无数美好的回忆，
色彩也是如此美丽。

蝉时雨

油蝉、昼鸣蝉、蚱蝉、
日本夜蝉、寒蝉齐声鸣叫，
蝉声传遍郁郁葱葱的森林。
来到林中侧耳倾听，那真是一曲
大自然的弦乐四重奏，心情好畅快。

流星

这期间，经常可以看见流星，
而且往往出现在半夜十二点，
可是我怎么也起不来，
明明有许多愿望啊。

山下川的乌鸦

山下川从多摩丘陵的生田绿地的
山脚下流过，带来山里的寒气与泉水。
河水比四周的温度低。合香寒气四溢。
乌鸦好像也知晓这点，来河流中入浴。

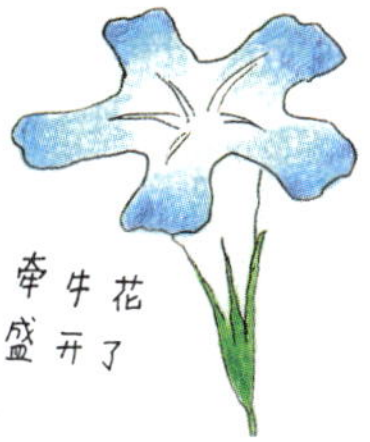

唐菖蒲

鸢尾科球根植物，并未经过改良，
却自有一股华丽和庄严之感。
过去曾漫山遍野地绽放，令我欢喜。

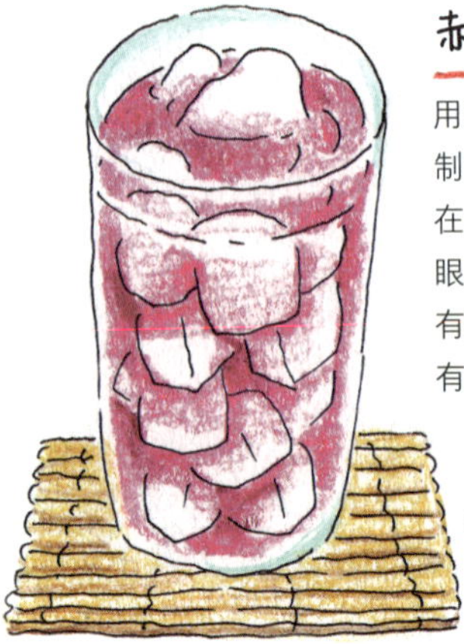

赤紫苏榨汁

用赤紫苏、苹果醋以及砂糖制作而成。
在其中加入苹果醋，杯中的颜色眼见着变成鲜艳的粉色。
有解毒的作用，名字中也有复苏的“苏”字。

酷暑难耐

温度飙升至三十六度。
在家完全不注意形象了，衣服和头发都很随意。
心情也莫名变得暴躁易怒。

在平间寺的风铃市场上
老鼠君被各种风铃声感动了。
就用备长碳做了一个，备长碳的音色轻轻的！

用上夏天的用具，心情真舒畅

挂面

将盐水加入面粉中，然后蘸上植物油，拉伸，在阳光下晾干。吃挂面得搭配樱虾天妇罗。
凉凉的挂面和酥脆的天妇罗是绝佳组合。

什锦天妇罗

佐料

为了刺激食欲而添加的香辛料和蔬菜。

蘘荷、生姜

碾磨芝麻

绿紫苏

蘘荷

梅雨季节一来，
蘘荷就飞快地
长起来。

蘘荷花呈透明色，
花瓣厚实。
农田上的蘘荷颜色浓郁，
长得紧凑。

夏日大丰收

播种有点迟的黄瓜，长到四十厘米的时候，
尝起来又软又甜。每天都收获满满。
从夏季的蔬菜中感受到了活力与热情。

晚播的黄瓜、茄子、西红柿、苦瓜、青椒、秋葵、
南瓜、紫苏、蘘荷、韭菜、台湾黄麻等

邻家大叔的向日葵

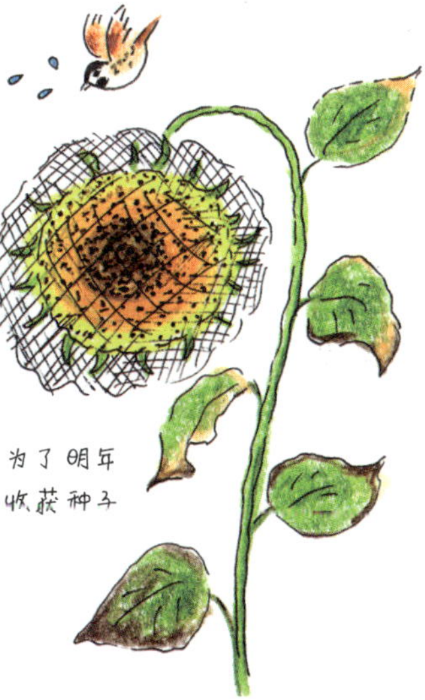

邻家大叔的向日葵花
直径约为三十厘米，
为了不让鸟儿采食，
蒙了一层网。看着费了
不少功夫，不禁引人发笑。

仿佛在看自己

在盛开的向日葵中，
竟有这样的东西……
它是否想活下去？
如此思考的过程中，
梦幻般的夏日渐失其形。

西瓜

原产自非洲中部，在埃及以食用籽为目的。明治初期传入日本。果汁可入药。买来一整个西瓜，像老鼠君般啃。
将西瓜瓤单独冷藏，
吃起来很方便。

玉米

玉米粒很柔软，吃起来会粘在牙齿上，然而味道却非常甘甜。

苦瓜

农田里的苦瓜已经长到四十厘米了，每次能摘十根。用蜂蜜和苦瓜制作成果汁。大家都觉得苦，然而醇厚的芳香和淡淡的甜味却特别爽口。

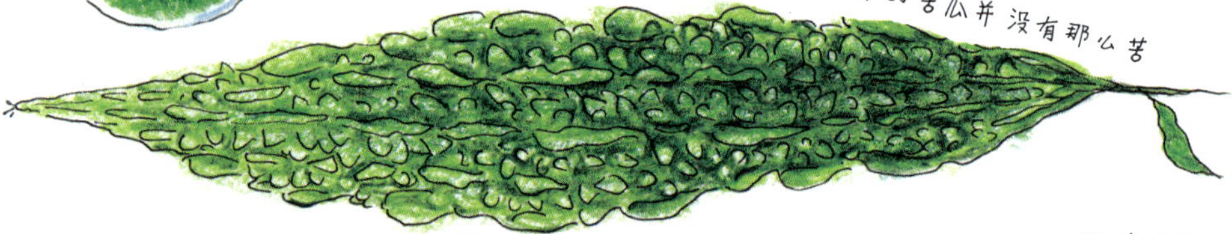

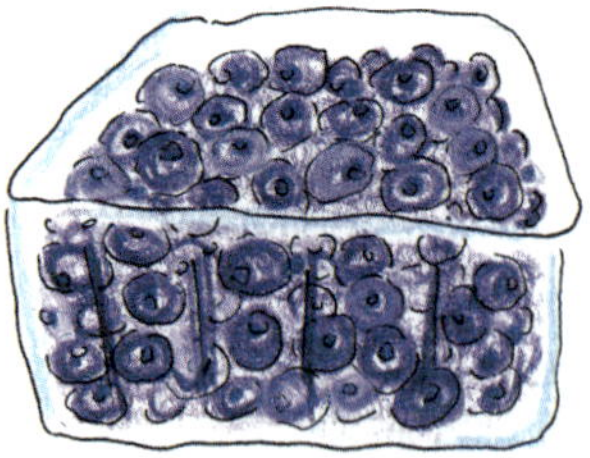

蓝莓

小院中，有一株高一米的蓝莓树。
蓝莓的成熟期不一致，所以得分次采摘。
生吃的话，有股酸味，又有点甜。
剩下的就做成蓝莓酱。

玉米

仅次于小麦、稻谷的主要粮食。自家的玉米个儿小，却个个饱满，采摘后用热水煮，会更加柔软，有市场上的玉米没有的甜味。

摘了二十根玉米，一下子吃不完，所以把玉米粒刨下来冷藏。到了冬天也可以食用，很方便。

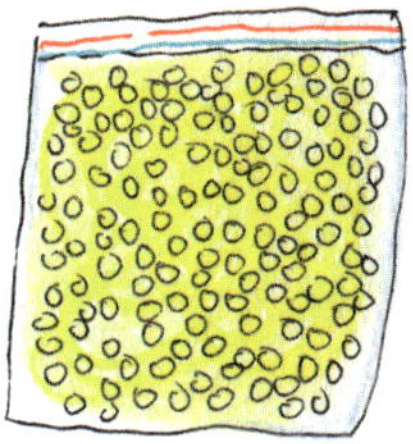

乌鸦潜入邻家的农田偷吃玉米，却不小心缠在网上。正想出去救它们，它们却从网中逃脱了。每年，都有几根玉米被乌鸦啄食。

豆象

赤豆象静静地生长在红小豆的壳上，小触须软软的，有几只在屋内飞来飞去。在适宜的温度下，每年会生好几次虫子。

冷毛巾

盛夏，不开空调的时候，解暑的方法是用冷毛巾给头部降温。

燕青天蚕

属鳞翅目、天蚕科，体长十厘米，蓝白色，
体型大，体态优雅，经常出现在樱树、桃树和桦树周围。
鳞毛颜色深，较粗，长约五毫米，如猫毛般浓密。
祖母绿的天蚕翩翩落在葡萄柚上，非常美丽。
它身体雪白，被细密的绒毛覆盖。
触角鲜红，艳丽至极。
它们年幼的时候是怎样的呢？

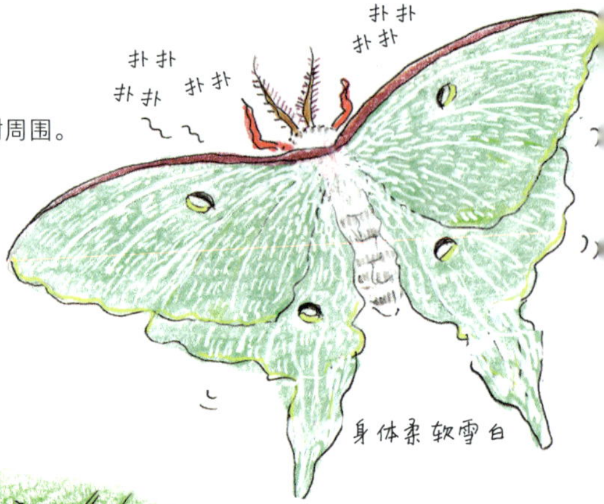

记忆中的河边嬉戏

家附近有一条河，河畔是绿油油的农田。
河道宽 2.5 米，深 0.6 米，河岸边大丽花竞相绽放。
附近的孩子们过来嬉戏游玩，还能解暑。
躺在沙石路上，感到一股温热。
青草香，水流的芬芳，澄澈的河水，令人无比怀念！

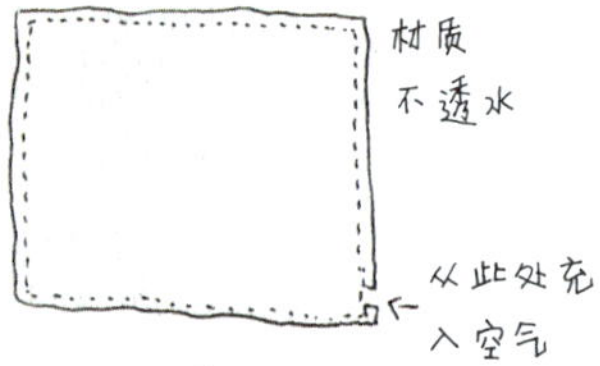

手工救生圈

母亲用印花布亲手缝制了一个
救生圈，质地强韧。游泳的时候，
救生圈会渐渐地泄气，
但可以浮两到三米。

蚊帐

晚上，架起蚊帐，感受室外的空气。从前，
人们把萤火虫放入帐中，与萤火虫一同入眠。

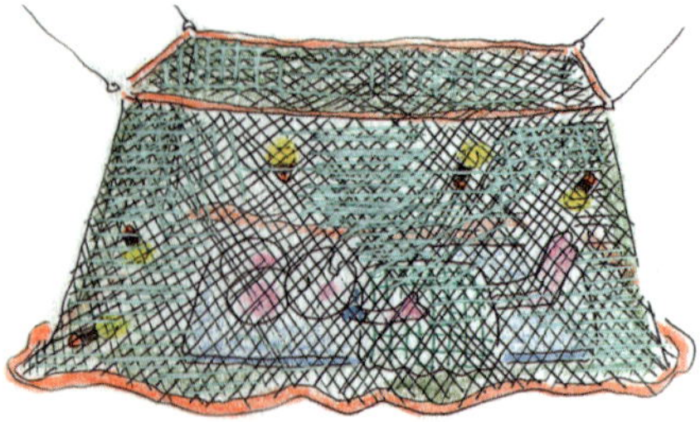

盛夏

夏天最热的时节，
母亲会穿上碎花连衣裙，
质地柔软，有延展性。
现在看来也非常时髦。

西红柿

茄科，原产自南美洲安第斯山脉。作为观赏植物传到欧洲，日本从明治初期开始培育，昭和初期开始食用。西红柿含有丰富的维生素。

铃儿般的西红柿

我去摘西红柿，一来到田间，
西红柿的香味扑鼻而来。个头大一点
的直径有十厘米。成熟的西红柿点缀
在枝头，颜色鲜艳，味道醇厚。
一下摘了四十个结实的果子。
天天是西红柿、西红柿、西红柿。
吃不完的就做成番茄酱。
夏末可不能缺西红柿哟。

洋葱沙拉酱

将洋葱末、橄榄油、
苹果醋和米醋混合，
用料理机搅拌二十秒。
沙拉酱很松软，
像雪一样。
最后放入玻璃杯中，
显得很华丽。

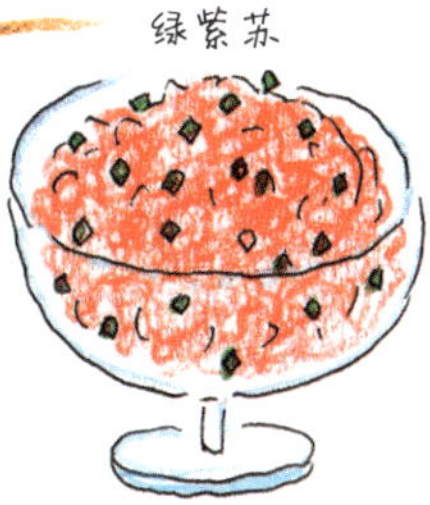

番茄酱

在制作好的
番茄酱中，
加入从农田采摘的蔬菜，
然后炖煮，加少许盐，
非常美味。

鹰嘴豆神似雏鸟

August

8月

盛夏静谧的午后，

太阳炙烤着大地，树叶疲惫不堪，纷纷垂下脑袋。

黑凤蝶像描摹着前进轨迹般，

轻轻地飞来飞去，找寻柑橘叶子。

耳边蝉鸣阵阵。

来到室外，寻找有树荫的地方行走。

偶尔有微风吹过，在这种天气显得弥足珍贵。

除草机碾过茂盛的草皮，发出隆隆的声音，听来愈发燥热，

然而青草的香味却令全身的细胞得到复苏。

盂兰盆节将至，观赏鬼蜻蜓，

傍晚聆听院子里的虫鸣，在微风中感受秋日的气息。

水蓝色的天空开始

变得一碧如洗，

隐约感受到了夏末秋初的征兆。

绣眼鸟压枝

这时期幼虫多，是鸟儿哺育下一代
最好的时节。体长六厘米的雏鸟齐声鸣叫，
立在枝上推推搡搡，
这就是“绣眼鸟压枝”这一说法的来源。
雏鸟好小好小啊！

约马蜂

约马蜂在农田的铁桶上
筑起了蜂巢，咬碎菜青虫，
嚼成圆圆的形状，
然后带回蜂巢。
有刺，所以得多加小心。

三色茉莉散发出
甘甜的香味，
花瓣日益变白。

蚰蜒（节肢动物唇足纲）

蚰蜒停在悬吊于空中的铁桶上。
体长五厘米的蚰蜒急急忙忙
地向我的手上爬来，
有软软的感觉。
夜晚，蚰蜒以小型昆虫为食。
它爬动的速度可惊人了。

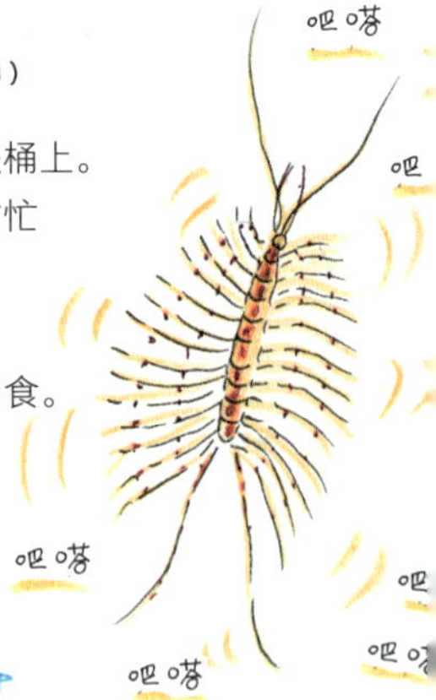

蝼蛄

形似蟋蟀，体长约有三厘米，
它们用巨大的前肢挖土刨地。
从农田里传来“唧唧”
的尖锐鸣声，
俗称为“蚯鸣”。

蜈蚣（赤头百足）

夜色中，蜈蚣急急忙忙地行走，
周身散发着艳丽的红光，
好似要错过某个重要的约会，
很快就窜入了草丛中。

天香百合

花瓣看似有六瓣，外侧的三瓣是花萼，
内侧的三瓣才是花瓣的真身。
有六根雄蕊，怎么都是三的倍数？
天香百合是我最喜欢的花，
香味浓厚，令人心醉。

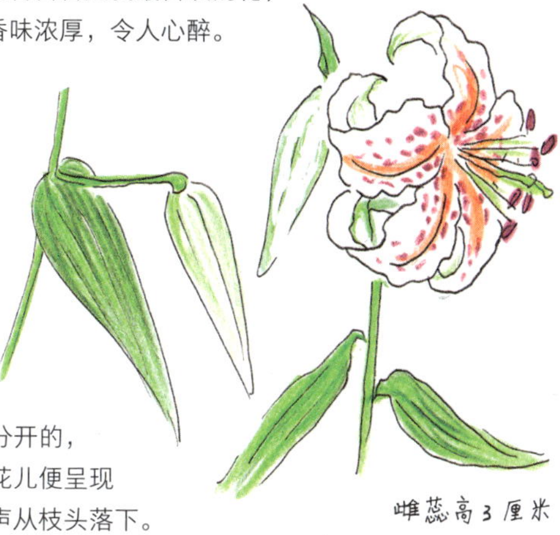

台湾百合

状如麝香百合，
花瓣较细，叶子也细瘦。
每一年，台湾百合总是
不经意间便盛开在小院中。
自然繁衍下来，如今已有三株。

花瓣并非呈筒状，
六瓣花瓣是各自分开的，
待花期将尽时，花儿便呈现
淡褐色，扑通一声从枝头落下。

百日草

菊科，原产自墨西哥，茎中空，
表面有粗毛。花瓣较干燥。
百日草从开花到花期结束，
花瓣的变化非常有趣。
花色会渐渐变深，
位于中央的雌蕊也越发膨胀、长高。
花色众多，一片繁花似锦的景象。

大白眉

栖居于草原和河滩处。长十七厘米，
喙呈圆锥形。一到繁殖期，雄鸟
就会发出“叽叽、啾啾”
或者“源平杜鹃，庭杜鹃”的叫声。
但是我觉得“札幌拉面、咸拉面”
跟它们最搭。

小葡双眼无神

不知为何，小葡一整天
都无精打采，双眼无神。
却能好好吃饭、吃零食。
不知明天能否痊愈，
暂且静观其变吧。

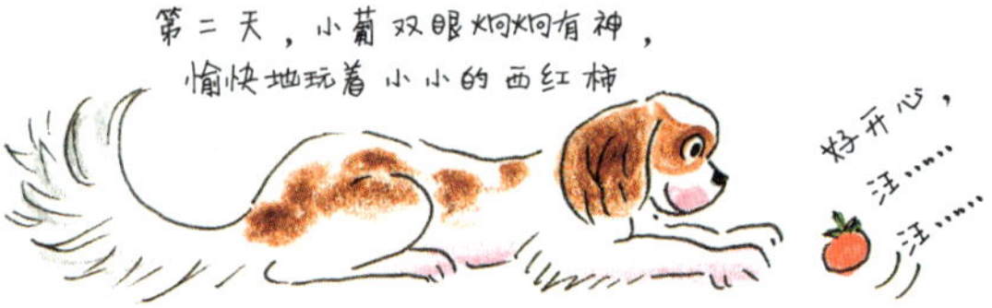

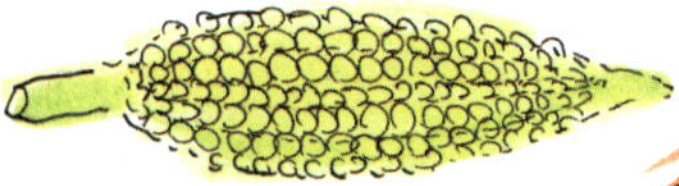

专好偷食的小栗

小栗敏锐地观察着
人们的行动，然后
抽空儿抢到食物。
它从中获取成就感，
真是乐此不疲。

喜欢抱抱

小葡总是喜欢我抱着它。
夏日的微风吹来，小葡竖起鼻子，
闻着风。大概有我不知道的什么气味，
小葡却能很敏锐地捕捉到。

37度高温

酷暑难耐，没有
一丝风。周遭的空气
仿佛凝固一般，
连风扇吹来的风
也是温热的！

赤紫苏汁

赤紫苏可用来制作梅干和红生姜。
在中国有个民间故事，汉代有一个年轻人吃了螃蟹，
引起食物中毒，濒临死亡，一位颇有名望的医生
煎了紫色的草药喂给他，年轻人很快就从死亡边缘苏醒过来。
从此，紫色的草有了“紫苏”这个名字。
农田上的赤紫苏混杂着绿紫苏。盛夏，绿紫苏枝繁叶茂。
它可以入药、榨果汁、当生鱼片的佐料，也可以做成天妇罗，用处很多。

有机作物

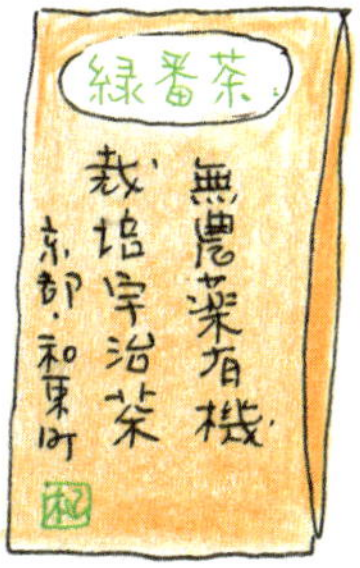

有机作物是指在三年以上
未使用化学农药的农田上
栽培出来的农作物。
将粗茶泡两小时，茶水
颜色透明，是漂亮的黄绿色，
爽滑甘甜，充满茶的清香，
是夏日必备的饮品。
用牛皮纸包装，很环保。

黄花照波（午后三时草）

真是不可思议，下午三点一到，
花儿便悄悄地绽放，
如此高雅，
像烟花一般绚丽。

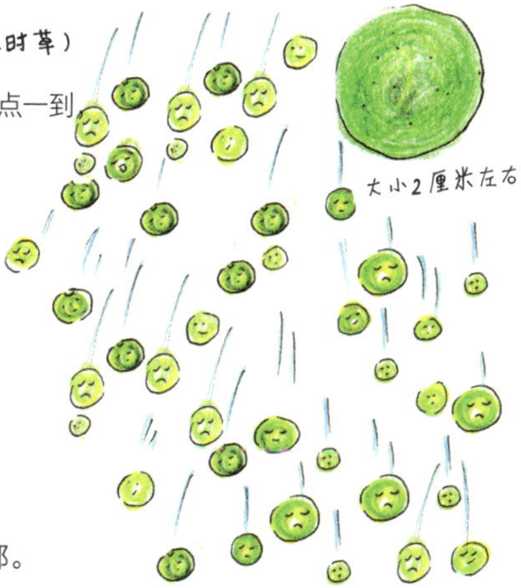

葡萄柚

葡萄柚成熟了，
接连从树上落下，
果实不大，香味却浓郁。

蘘荷

农田里，在栗树和桑树下，
蘘荷开出穗状花序。雨后，
蘘荷便一个接一个冒出脑袋。
收成好的时候，
可以采摘五十个。

桑叶

农田里有一株大桑树。夏日，叶子精神奕奕。
清晨加入果汁里，非常美味。想碾成粉末，
却以失败而告终。

黄瓜（原产自印度）

黄瓜大丰收，我怎么也吃不完。
早晚都吃黄瓜，第二天又采摘了不少。
用泡菜酱腌制，也很美味。

佛手瓜

无数的佛手瓜
缠绕在栗树上，
也叫“千成瓜”。
用米糠腌制，
最好吃不过。

泡菜酱的原材料

沙丁鱼干、木鱼花、香菇、海苔汁、
辣椒粉、胡萝卜、大蒜、虾米、
腌沙丁鱼、生姜、盐、芝麻……
都是有机食材，
原汁原味。

黄瓜

五月播种的黄瓜，一到六七月，就开始噌噌地长。每天都有成熟的黄瓜摘。

黄瓜很脆，刚采摘的黄瓜有汁液渗出来，此时吃的话口感好。今天、明天、后天，尽是黄瓜、黄瓜、黄瓜。露天生长的植物口味浓郁，每天吃也不腻烦。

每天都做不同种类的拌黄瓜。一天可以摘十五根，先腌制，再冷冻。冬天搭配土豆沙拉吃，很方便。

鱼腥草

草本植物，有鱼腥味，熬煮之后，有利尿、驱虫、消肿等效果。根部扎得深，在小院中长了一大片。大家不喜欢它的气味，我却非常中意。花儿清秀美丽。

甘薯

旋花科，原产自中南美。
十七世纪，经东南亚、中国
传到琉球、九州和本州。
秋天开花，外形如旋花。
拥有很强的繁殖能力，
在贫瘠的地上也能生长。
甘薯虽然外貌朴素，
味道却很好。
以前有金时、太白、
农林一号、人参甘薯、
美国甘薯等品种……
各种番薯的味道各有特色，
品尝甘薯真是一桩乐事。

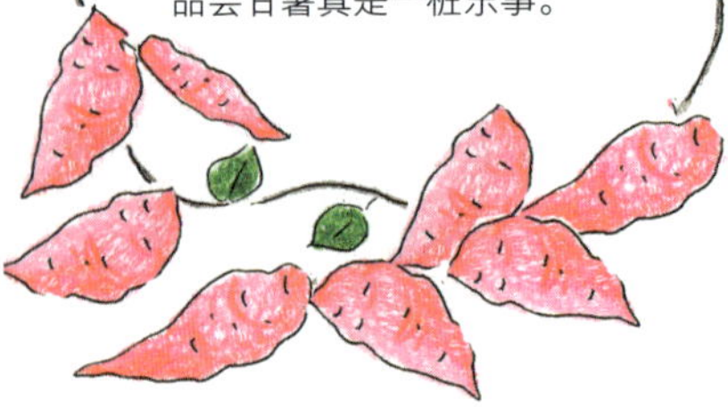

狮子唐

小青椒的总称，
一株狮子唐上
开许多朵花，
结出许多个果实。
我摘了不少，打算
做青椒的关东煮。
真是意想不到的美味啊，
跟白米饭是绝配。

夏日晨起

初夏，总是比往常
醒得早。接近冬至，
醒的时间却越来越迟。
无论如何也
起不来啊。

大妈服饰

如今，六七十年代很多衣服
的款式都难以见到了。
无论是材质还是设计，
基本没有普通的款式。
我亲手缝制过衣服，
有棉麻材质，有棱纹的，
也有棉布的，款式都很简单。

小栗剃毛

气温快达到三十度了，
小栗怕热，我得自己动手给它剃毛……
剃得凹凸不平，但看起来也很可爱。
剃完后，小栗异常兴奋，来来回回在屋里走动，
玩累了就美美地进入梦乡。

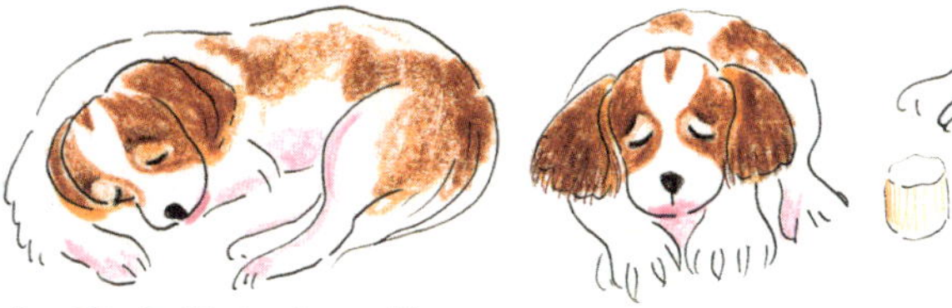

毛剃掉了，
双脚看起来特别大

被壁虱缠上的小栗

气温一天天升高，草丛中出现了壁虱。喜欢在草丛中玩的小栗，双脚上粘着数不清的壁虱……壁虱只有一毫米长，禁不起空调的寒气，一下子就从小栗脚上掉落。
虽说如此，清除壁虱也花了我不少时间。

这片草丛中大概有壁虱的老巢

喜欢知了的小栗

跟小栗一同散步的时候，
一看到地上有知了，它就急急地跑过去，把知了一口吞到肚里。
知了啊，真的很抱歉。

二十年前的棉麻裙

左边黑色的裙子是棉麻材质，
上面有麻线织的图案，材质有弹性，所以不易变形。
改一下腰身的松紧，
如今穿上也不显得老气。

包包是在义卖会上买的，
是个奢侈品，
却只需1000日元哦

六十多岁的人的夏装

款式简单，
洗涤也方便，
还有点时尚。
天然材质。
真想动手做一条，
可是怎么也
抽不出时间……

牵牛花攀帘而上

最近，我不禁对牵牛花
刮目相看。
我把它种在窗边，
遮挡阳光。
牵牛花毫无顾忌地生长，
转而爬上竹帘。
不时感到阵阵凉意。

夏日的天空、白云、青山

四季都是同一片天空，然而夏日的天空显得异常辽远
白云喷涌出光辉，青山愈发郁郁葱葱，一切都如此
富有生机，给我无比的激情。杜鹃鸣叫，知了
也开始合唱。暮色里，紫茉莉散发出阵阵芬芳，
沁人心脾，夏日的时光仿如昨日。

四季豆

相传是在中国明朝时由僧人隐元带入日本。
原产自美洲中部地区，分矮性种和蔓生种。
嫩豆荚可食用。我从农田摘了将近两百根四季豆。
有点惊人，但确实有那么多。焯一下，然后炖煮或
制成天妇罗，香气四溢，味道很浓郁。
如此美味，天天吃也不觉得腻烦。

农田里有上百万只的蚊子伺机而动，
要去劳作的时候，戴上帽子，就不怕了。

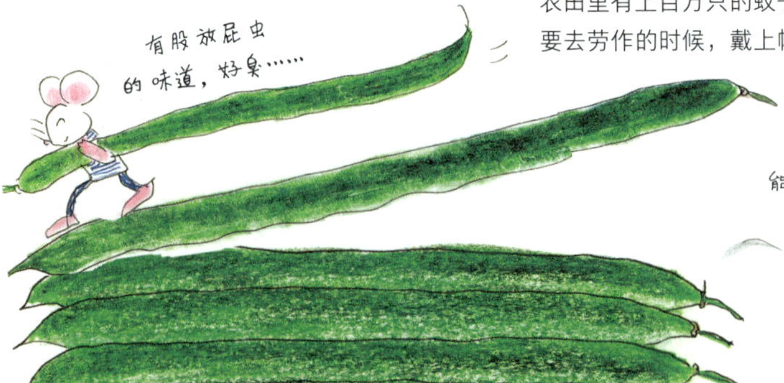

连日的高温

气温升到了三十七度，
没有一丝风。
每天像蒸桑拿般炎热。
蝉鸣阵阵，越发显得燥热无比。
柏油路散发出阵阵热气，
一到室外，就被热空气包裹。
真的很热！

清洗风扇

风扇容易吸附灰尘，
清洗干净之后，
流动的空气也变得凉快了。

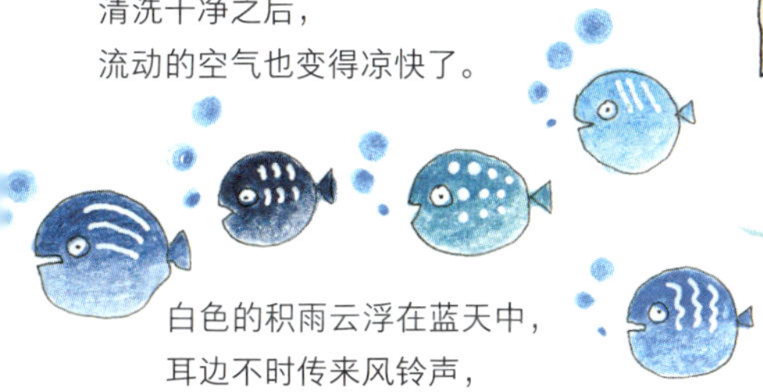

白色的积雨云浮在蓝天中，
耳边不时传来风铃声，
还有热烈的蝉鸣声。
天香百合的香气令人眩晕。
在没有冷气的日子里，
夏日的景色隐于房子周围。

第二次剪蔷薇枝

蔷薇长得飞快，剪了又剪。
长时间保持同一个姿势，
腰部微微酸痛。真是的，
身体素质下降了很多啊。
为了强健体格，
得多多锻炼了。

蓝茉莉（琉璃茉莉）

夏季的蓝花，
有股清凉感，花期
能持续到十一月。

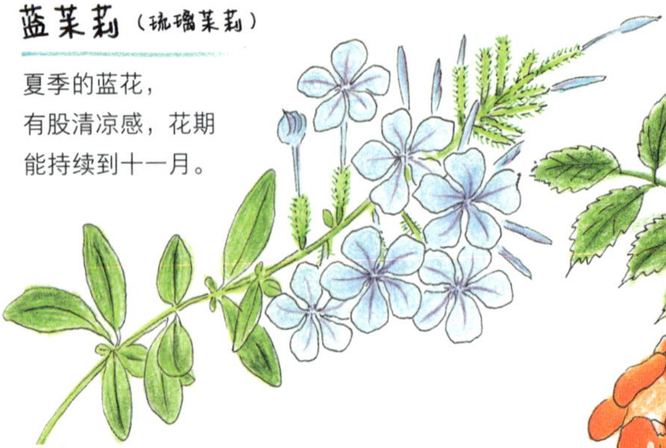

紫薇（百日红）

十几年前买的百日红幼苗，
如今已长到三米高，花瓣细腻而美丽，花期长。
在一片蝉鸣声中，百日红处处盛开，煞是好看。

凌霄花

落叶藤本，
原产自中国。攀缘茎，
依附其他植物生长。
花朵依次绽放，
又次第凋零。
虫子们特别喜欢凌霄花
总有种怪怪的感觉。

虫音

不久，虫子们便登场了。季节流转，白天
炎热无比，让人昏沉。傍晚，草丛中传来虫鸣声。
虫子或许敏锐地捕捉到了秋天的气息。

太阳花

马齿苋科，年年生长，被称为不死草。
以前采摘种子的情景历历在目，
让人怀念。在阳光下才能盛开，
是名副其实的夏日之花。

右边的白花跟铃兰是近亲，
但我不知它的名字，
开了不少花。

除草剂

住宅区的停车场内一出现杂草，
便用除草剂清除，一年喷好几次。
杂草并不是很茂盛，却一再喷除草剂。
不仅仅喷在杂草上，
除草剂还直接渗入泥土里。
这一带经常有小孩子过来玩耍，
来散步的狗狗也闻着这气味。
虫子们也来到草丛和土壤里。
或许正因如此，日本各地的
土地才越来越少。

小栗散步回来后，
不断闻自己的脚丫，似乎在检查
散步时沾上的气味，真谨慎。
它大概也闻到除草剂的气味了吧。

地球不妙了！

1979 年至 2000 年，北极海洋冰层面积
为 670 万平方公里，而 2012 年 9 月已
减少到 341 万平方公里，还有继续减少的趋势。
原因在于全球气候变暖，这会导致出现异常天气。
人类能否重拾安稳而平和的生活?

小院中的蜥蜴

美洲白蛾

紫茎花上有不少美洲白蛾的幼虫，
虽然不忍心，还是用喷火器把它们烧死了。

捡到鹎的雏鸟

盂兰盆节前夕，一只雏鸟从街道的树上掉落下来。鸟儿从鸟巢掉落，它的命运便注定了，但被我看到，捡拾起来，就得饲养它了。雏鸟长十五厘米，体毛很少，可以看到皮肤。此刻正嗷嗷待哺，叫着“给我食物”。

研磨鸟食

将杂粮、人造黄油、蛋白质食物一同放入研磨盘中，研磨成鸟食。鸟儿此刻食欲正旺盛。

把研磨后的食物放到玻璃容器中，发出嘎啦嘎啦的声音。雏鸟明白这是喂食的声音，便来来回回地挪到木棒上。

建鸟窝，架上木棒

雏鸟学了很多遍在木棒上啄取食物，可是还没有学会，就哭叫着“给我食物”。

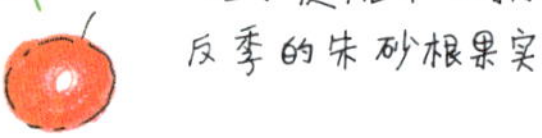

睡姿

太阳西沉，天色渐暗，雏鸟开始变得老实，独自在小屋一角，垂首入眠了。

捡来已经过了三周，或许是营养不过关，雏鸟掉了几根羽毛，虽然看起来挺精神的。

西兰花

西兰花是以前种下的，鹎鸟把叶子吃了，只剩了菜心，看起来好像芦荟啊。

鹎鸟

翅膀长十三厘米，青灰色，尾巴很长。在日本各个地区都可以见到。一进入初冬，就能听到鹎鸟响亮的鸣叫声。以果实、花蜜为食，繁殖期也捕食昆虫。

夏椿

这并不引人注目的白花，
却如此清丽。我喜欢
夏椿的花蕾。
花儿沾上雨水，显得异常饱满，
散发出银色的光辉。

枣树

原产自中国，鼠李科，
九至十月果实成熟。
果实呈深褐色，有甜味。
有镇痛、健体等功能。

休憩

麻雀、黄莺、山雀、绿啄木鸟、
杜鹃……在盛夏的午后都得午休吧。
油蝉、寒蝉、昼鸣蝉却依然奏响
生命之歌。吃完桃子，
吹着冷气，在这一片蝉声中休息。

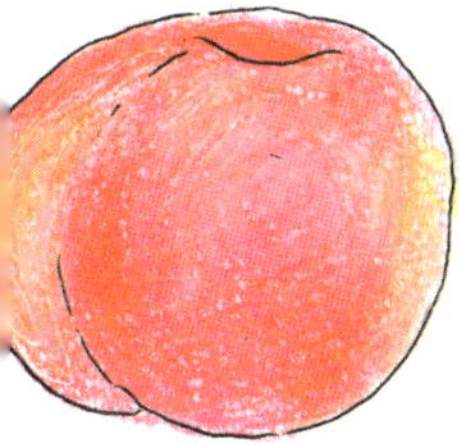

给先祖的灵魂指路

8月13日迎火
8月16日送火

小时候，会用泥土在家门口
堆起一座土台，在上面铺上
芒草叶，以黄瓜为马，以茄子为牛，
先祖的灵魂骑着马和牛，就不会迷路了。
我们制作时怀着这样的愿望。

盂兰盆节

在中国，盂兰盆节来自盂兰盆教，
是为拯救处于痛苦中的死者而举行
的祭祀活动。传到日本后，
与初秋的祭祀融合，演变成了
供奉祖先灵魂的法事。
将各种食物供奉给先祖的灵魂、
新亡灵、无缘灵魂①，
为他们祈福。

小时候，制作土台也是一大乐趣

①指无亲属祭祀的死者。

处暑

酷暑过了，凉爽的初秋将近，
日子大概在八月二十四日左右。
正如字面所示，这天，关东地区迎来了来自北部的高气压，一下子感到了秋意。
盂兰盆节一过，周遭仿佛变了样，早晚的空气中都带了凉意。海面翻滚起大波浪，
常言道“告别游泳的时节”，预示着台风将至。

草珠子

原产亚洲热带地区，禾本科多年生草本植物，高约 80 到 100 厘米，薏苡是它的变种。
用绳子把它们串起来，称为念珠。

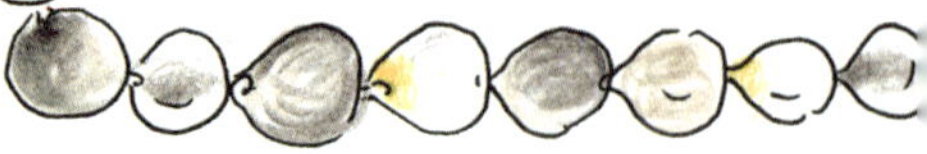

掷布袋

在小布袋中缝入草珠子制成的玩耍之物。
我边欣赏着布面的图案，边缝了一个。
这游戏还配有一首歌，
我跟朋友们一块儿，
唱着歌，来来回回地玩，
一会儿捡起，一会儿接住。

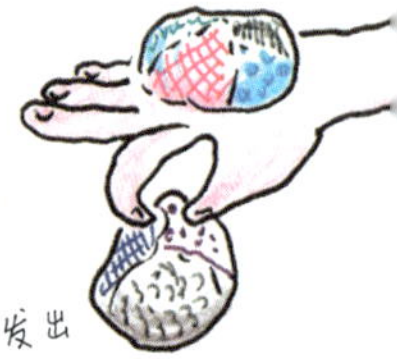

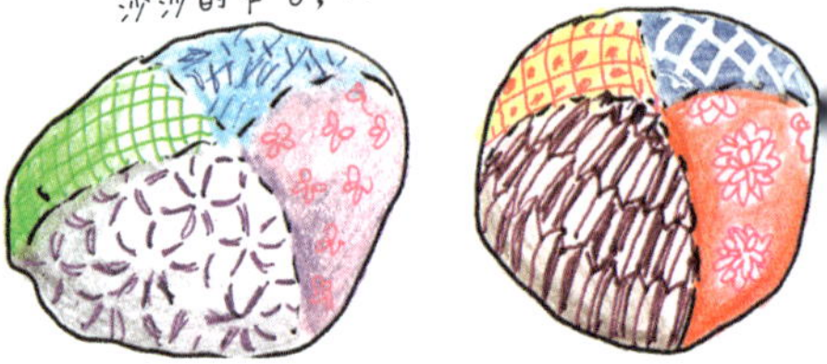

金橘花

清爽而甘甜的香味在周围流淌，
原来是金橘花盛开了。
蜜蜂们拍打着翅膀前来采蜜。
小白花点缀枝上，可爱极了。

小壁虎

在金橘树下，小壁虎
静静地沉睡。

绿带翠凤蝶

它们经常飞舞在金橘树和柚子树周围，似乎在寻找产卵的场所。
蓝绿色的后翅
熠熠生辉。

长尾凤蝶

夏天，经常能看见蝴蝶飞舞，
它们慢悠悠地穿梭于庭院的树木间，
栖息在天香百合上，
脚上还沾着花粉。
柚子的树叶上，可以
看到它们透明的卵。

金斑蛱蝶

一般认为金斑蛱蝶只生活在日本南部小岛，而我竟然发现了雌性的金斑蛱蝶。大概是异常气候导致它北上吧。夏日关东地区的炎热不亚于南部小岛。它红褐色的外貌真是引人注目，特别漂亮。

路遇鲜花

左边是花蕾，右边是花，与木槿类似，是蔓生植物，花儿垂首绽放。

倒地铃

无患子科，原产自美国热带地区。
绿色的果实圆圆的，中间是空的。
在凉风的吹拂下，
如气球般轻轻地摇动，
我的心儿也不觉柔软起来。
炎热早已抛诸脑后。

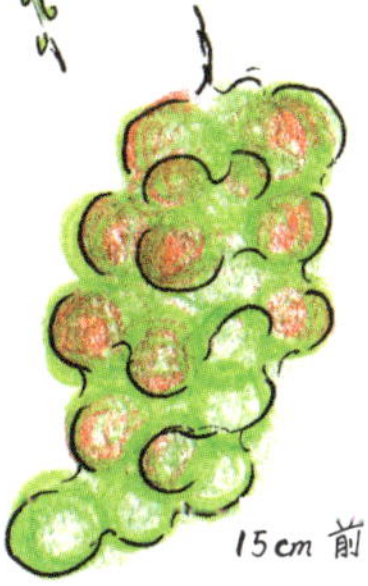

辛夷的果实开始成熟，
我不禁震惊于这色彩的艳丽

Aloha……夏威夷特产

夏威夷的特产都如此时髦。
项链跟夏日真是绝配。
短袖是名牌产品，裁剪好，
合身，而且颜色也很素雅。
果然是有品质的东西啊。

八音盒

八音盒是北海道的特产，只要拉一下抓手，小狗的眼睛就会左右动，并流淌出一首叫“PIRIKA”的音乐。这个八音盒是四十年前父母去北海道旅行时为他们的孙儿买的。此刻听着这音乐，不禁觉得悲伤，双眼湿润，难以听下去。
如今，父母已经不在了，
想起他们在北海道挑选礼物的情形……

火龙果

又称仙蜜果，仙人掌科，量天尺的果实。近些年才开始在冲绳和九州地区栽培。与艳丽的外表不同，果实好似撒着芝麻的豆腐。酸甜相杂，清爽柔软，真的非常美味。

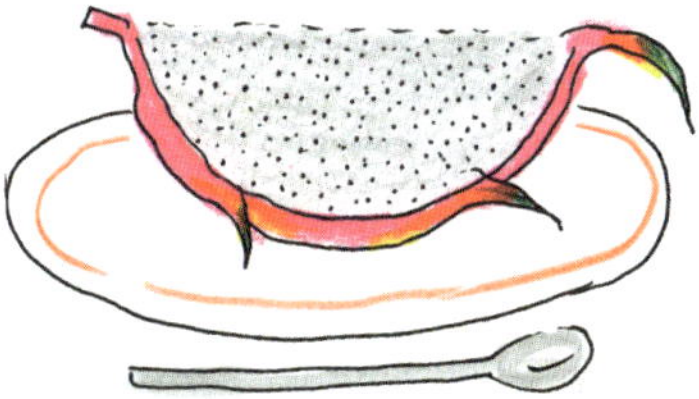

农田上的西瓜

隔壁大叔每年都种植西瓜。长势很好，一到收获季节，乌鸦便前来啄食，总有几个会被啃食。他送我了三个完好无损的西瓜。西瓜充满大自然的气息，甜度适宜，还有股蔬菜的味道。全身的细胞都复苏了。

冷饮店的暖帘

有银色的金属质感，微风一吹，就开始转起来，还泛起丝丝光泽。

蜂蜜蛋糕

有一项专卖有机食物的送货上门服务，其中一款蜂蜜蛋糕，非常好吃，只需 720 日元。鲜奶油也是他们生产的，吃起来有股新鲜的奶味。花了 1100 日元，买了四人份的蛋糕，再配上冰镇浓咖啡，好不惬意。

September

9月

夏日里，农田懒洋洋的，成群的蜻蜓在上空飞行。

傍晚时分，传来夜蝉略显孤寂的声音。

微光中，紫茉莉优雅地绽放，

红、黄、白、橙的花朵点缀其间，

花香拂面，带着不可思议的魅力。

草丛间，虫儿们奏响了大自然的五重奏。

不要忘了，还有位老朋友——台风一定会造访。

台风到来，预示着农田在夏日里的繁盛景象就要结束了。

晴空万里，卷积云布满天空。

凉风吹来，夏日在我面前结束了旅程。

夜色中，熠熠生辉的满月冉冉升起。

寂寥之感不觉从心底升腾。

二百一十日

从立春开始的第二百一十天，九月一日左右。
此时恰巧迎来台风季，稻子也开花并结出稻谷。
二百一十日是个重要的日子，农民们都忧心忡忡。
倾盆大雨，噼里啪啦，豆大的雨滴打到身上好疼。
双手拿着生日蛋糕，“真是糟糕啊！”

闪电

雷鸣电闪，
大雨倾泻而下。
路面像泳池一般，
水管边的容器很快就满了。
农田上的水桶也积满了雨水。
下次建新屋的话，一定
得安上储藏雨水的装置。
九月，艳阳天肯定
会时常伴随。

通过雨水管取水

农田上不见泥土，尽是积水

能够储藏水的容器都用上了

预料之中的台风

台风袭来，最大风速达到 30 米 / 秒，小院中的树木都倾斜了。
通往公交站的森林小道两旁，落满山上的树枝。

夏日再度造访

感到些许凉意，
许是秋日将至。
可是，九月十日又是一个大热天。
夏初做了应对酷暑的准备，
此刻再次用上了。

连日来都是34度高温

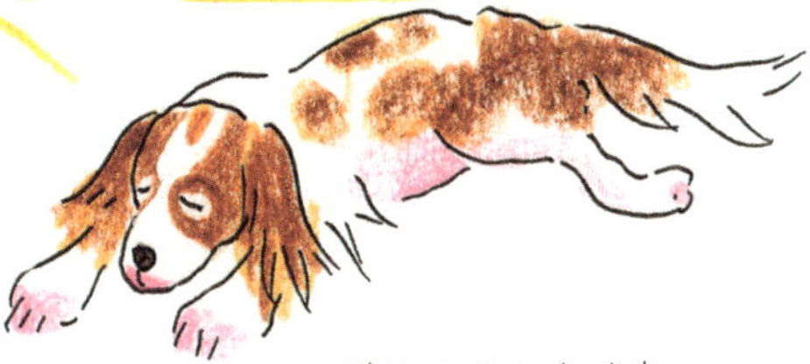

一到九月，无论温度高低，
狗狗都会来到户外晒太阳

新大豆

大豆的果肉上点缀着星星点点的绿色。
大部分食材都很新鲜，这是最妙的。
大豆刚刚从田里摘回来，赶紧下锅，
比一般的豆子更加柔软，
味道也更加浓郁。

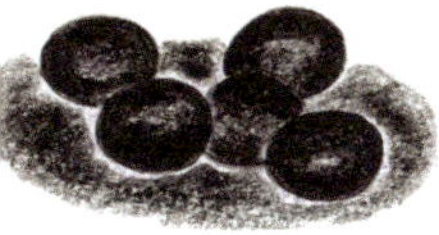

每天都吃水煮大豆，
一点点地吃

模仿不同的鸟鸣声，
发出颇为复杂的声音

画眉鸟

来自中国的鸟，与斑鸫大小差不多，体型与
白头翁相似，名曰画眉鸟。
中国人常在笼中饲养，以赏其鸣叫为一大乐趣。
二十世纪八九十年代，作为宠物鸟传入日本。
途中，鸟儿从笼中逃脱，开始在日本繁殖。
鸣叫充满力量，听来好不悦耳。

黑豆、大豆、小豆、四季豆，
味道各有千秋

打败酷暑

只守不攻就难以进步，
勇敢地面对，然后往前冲！
锻炼身体，强化肌肉，
散散步，出出汗，
伸展肌肉。却难以
坚持下去啊！

在下也得锻炼肌肉了！

胸肌、斜方肌、菱形肌、
前臂、腹肌、背肌、躯干，
想训练身体各部位的肌肉。
然而说起来简单，
做起来难。
关键是持之以恒。

三周后的鹎鸟

体型渐大，行动也越发灵活，
开始啄食各种各样的食物，
尤其喜爱无花果。
把辛夷果含在嘴里，咕噜咕噜
地转圈，仿佛在确认果子的大小，
然后才吞入腹中。
它在小屋的木棒周围飞来飞去，
发出啾啾的尖锐鸣叫，
好像让我快快给它拿食物。

洗澡

即使没有父母亲的教诲，
小鹎鸟也开心地玩着水。
它按照自己的意志茁壮生长。
傍晚入睡前，发出啾啾的
大叫声，忽然又静静
地沉入睡梦中。

小院中的酸橘

种下幼苗已是第八个年头了，
今年收获了一百五十个酸橘。
无论是皮，还是茎和种子，
加入橙汁中，都能食用。

蝉蜕皮

蝉蛹紧紧地攀附在小院的樱树上，
以此为停靠的地方……
不久，蝉蛹后背开裂，从中间
爬出了浅绿色的蝉。
它花了很长时间才迎来今天。
接着，它展开双翅。
整个过程花了五个小时，
此刻已是半夜十一点，
我已沉沉入睡。

第二天一早，我只看到蝉蜕留在树上。
樱树下，油蝉们欢快地鸣叫，俨然一曲大合唱。

调布的花火大会（东京）

最近几年一般都在八月举行，
以前也在九月或十月举行。
边欣赏夏末的烟花，
边吹着凉风，心情舒畅。
一万二千发烟花不断地
在空中绽放，形状万千，色彩缤纷。
从家里望出去，
总感觉过于铺张浪费，
还感到丝丝的寂寞……

以前在两处举行，
现在往往在一处

远处的小葡每次听到烟花
燃放的声音，便会汪汪叫起来……

蜻蜓

红蜻蜓是外表为红色的
蜻蜓的俗称，有秋赤蜻、
夏赤蜻等种类。麦秆蜻蜓
经常出没于农田上空，
将虫卵产在
农田的小水坑内。

交到朋友了

鼠君，你知道
烟花是什么吗？

中秋明月

又称十五之月、满月、望月、今日月，
明明都是一轮月亮，
但总感觉十五的月亮无与伦比。
周围的景色也已渐渐步入秋季，
凉风吹来，正是秋日光景。
中秋也称为仲秋，
指的是秋季三个月
正中那一晚的月亮。

此刻大概只有我被
莫名的寂寥感包围

马兰

菊科多年生草本植物，生长于野外的小路边，在杂草间静静地绽放。
小园里虫鸣声此起彼伏，每天都有新的成员加入。聆听着虫鸣声，真想在屋外好好睡一觉，凉风吹来，好不舒服。

蛇白蔹的果实
好似七宝烧

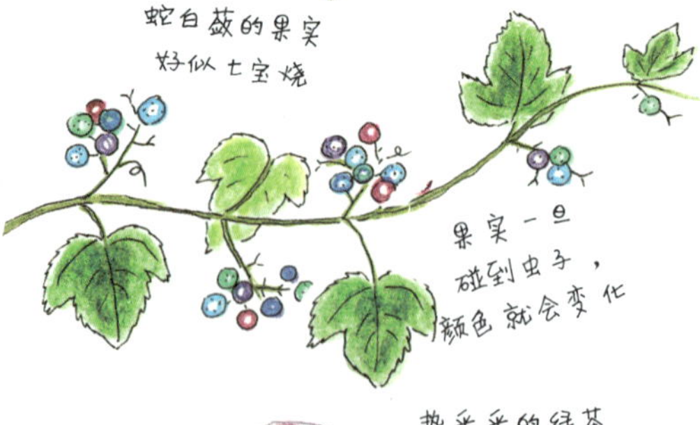

热乎乎的绿茶
配栗羊羹

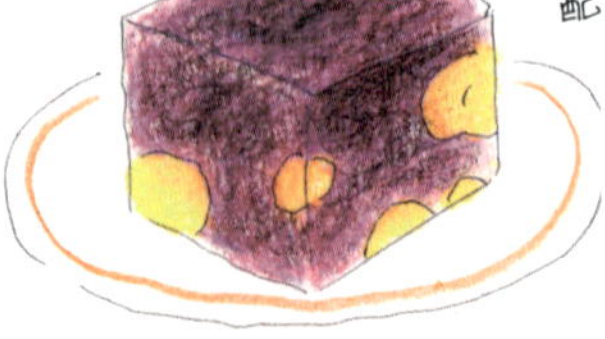

多摩川的梨

多摩川附近卖梨的小店一家接着一家。
梨水分多，味道甘甜，
口感好，当季的梨是最好吃的。

9/11 阴转雨 28℃

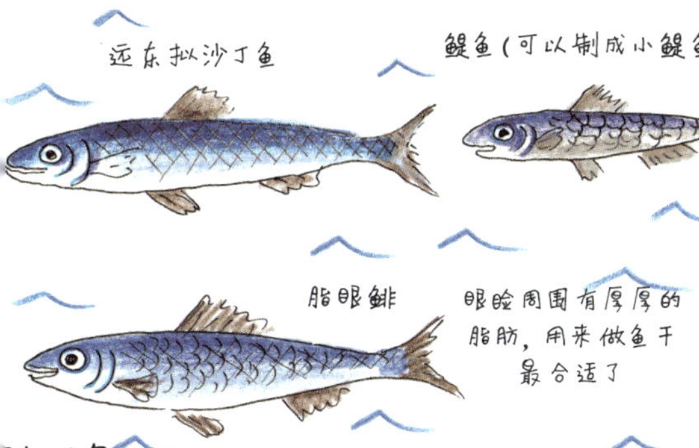

彼岸的荻花

将小豆四撒的景象比拟成荻花盛放的样子，因而得名。

牡丹饼

与秋日的“荻花”相对，春天则模仿牡丹花，唤作“牡丹饼”。每年，豆馅、大豆粉和芝麻的各做三十个。

沙丁鱼

入秋，沙丁鱼便姗姗到来，一条条都圆滚滚的，
做成生鱼片或寿司都非常美味。
在镰仓，买了五条今早捕获的沙丁鱼，包装成三袋，
花了 185 日元。用来炖煮，连骨头都松软无比。
秋天会做几次这样的沙丁鱼。小鱼可以做成
釜扬沙丁鱼、小沙丁鱼干，也可以炖。
富士的釜扬沙丁鱼
好吃得无法形容。

松虫草

彼岸

即为河的对岸，跨越生死之河，来到生命的终点。
彼岸指春分、秋分前后的七天。
无论气候如何，彼岸花必定在彼岸期间绽放。
彼岸花也叫曼珠沙华、剃刀花、死人花、舍子花……
而我经常叫它“八挂婆婆”。

白色的夕阳

对面树林中，太阳缓缓落下，
如白金般发出白色的光辉。
夕阳往往给人红黄色的印象，
然而树木缝隙间的阳光如宝石一般，
美丽不可方物。
这可以叫作落日白吧。

放入柚子醋的寿司饭

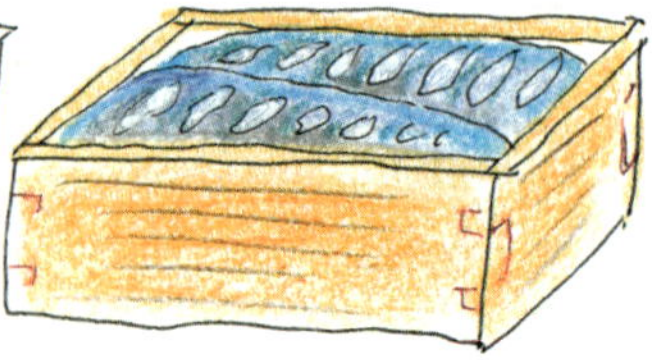

铺上两片醋腌青花鱼，压实

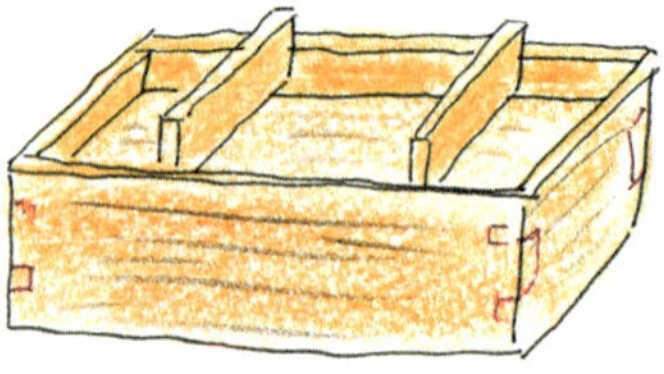

盖上镇石，然后放置一小时

全部融合在了一起

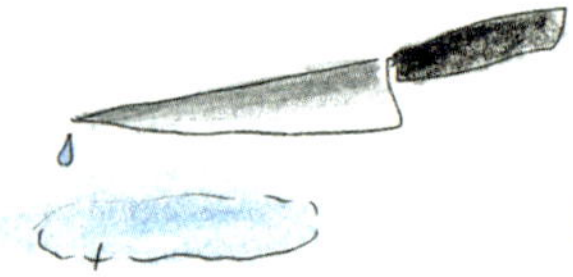

将刀沾湿

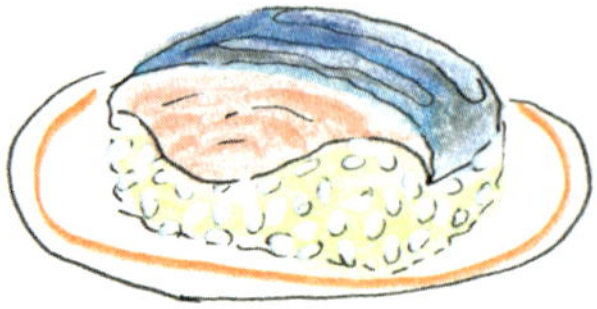

蓝色的外皮与粉色鱼肉，
如此搭配既漂亮又美味

买了美味的醋腌青花鱼

青花鱼外形肥大，似纺锤，以小鱼、浮游生物为食。
跟青花鱼相关的谚语有“在青花鱼数量上搞鬼”、
“青花鱼易烂”等，尽是些贬义。但是，
半条 780 日元的青花鱼，肉肥而鲜美……
跟加了柚子醋的寿司饭是绝配，令人心满意足。

蓝背鱼真的发出蓝光
是很难的

秋刀鱼

分布于北太平洋，夏末南下，游往北海道地区。
秋季，来到千叶县沿岸，尝起来非常美味。

盖上锅盖，发出咕咕声

咕咕

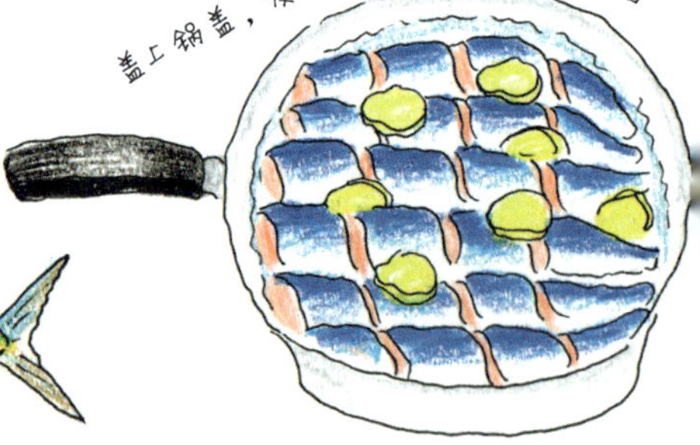

用小火炖煮

浇上油的美味
秋刀鱼，头部突出

尾部金光闪闪

外表散发出黄色的光芒

生姜

苹果醋　酵母液　砂糖　酱油　甜料酒

将醋、生姜、酵母液等加入切成段的秋刀鱼中，
然后炖，隔一会儿再炖，重复两三次，余热便
使鱼身变得柔软。鱼骨未炖软的话，可以加入砂糖、
酱油、甜料酒，再炖两次。

鱼肉柔软而甘甜，
很好吃

秋意渐浓

秋高气爽，天空澄澈，
丰收季收获颇丰，
树叶逐渐变红。
青山、草原、空气、微风……
都染上秋日的气息。
太阳当头照，仍然十分炎热。

镶黄蜾蠃

在蔷薇枝上，附着一个镶黄蜾蠃的蜂巢。镶黄蜾蠃属蜾蠃蜂科，与泥蜂是同类。
蜂巢内有四到十六只幼蜂。

苦瓜小饼

以黄油、砂糖、鸡蛋为原料，做成薄饼。
但尝起来有点硬、没什么味道……
哎，真是失败之作。

梅园变为停车场

梅园有三百坪，春天鸟儿飞来啄取杂草种子。
六月，梅花结果，夏天，
树荫下有丝丝凉意，
冬天却是一处暖和的向阳处。
那儿长着许多白色的蒲公英，
有大丁草的风情。可是，
现在地面上铺着沙子，
花儿们都已失去色彩，
如此下去，大自然也要消失了。

冬瓜

秋意日渐浓郁。
刚摘回来的冬瓜
表面有细小的刺。
小时候经常吃冬瓜咖喱，
满满的少年回忆。

新米

新米指收获不久的稻米，含有大量水分，
煮成白米饭，松软而漂亮。
美味无比，不禁吃多了，
真是烦恼。

日本夜蝉

它在日出前、日落后还有阴天时，
会发出动听的鸣叫。
但从后山树木间传来的
却并非那样，
而是金属般的声音。
真可谓世上最动听的四重奏。
清脆的鸣叫声此起彼伏，
弥漫在森林深处。

故乡的天空

夕阳晴好，秋风吹，
月落乌啼，虫鸣声，
遥想故乡，月朗清，
啊，我的父母可还好。

我来自田园之地，尤其怀念故乡。四季轮转，无时无刻不在遥遥思念故乡的空气。

秋天农田的杂草

被叫作“继子尻拭”，
名字莫名地让人感到悲伤。
茎部长有细细的刺，
因此得了擦拭继子屁股的名字。
狗尾巴草模样可爱，也被唤作金狗尾。
红蓼（赤饭）也盛开了，
把农田染成了粉色。

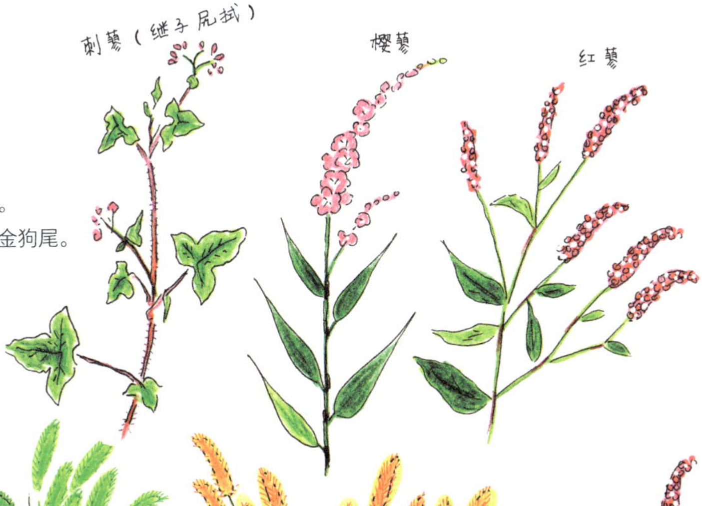

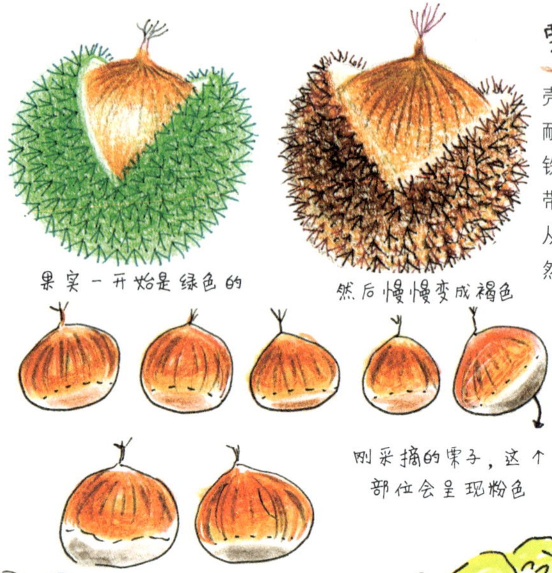

栗

壳斗科落叶乔木，具有较强的耐湿和耐久性。可以用来制作住宅的土台、铁路的枕木以及橹，还有运动器具。带刺的栗子一个接一个地从树上掉落。捡拾栗子非常愉快。然后赶紧做成料理。

栗子饭

剥栗子壳稍稍有些麻烦。
从田里摘了许多栗子，
所以放了不少栗子进去。
栗子软软的，呈金黄色。
与刚出锅的新米粘在一起，
我又不小心吃多了。

准备正月做金团的栗子

剥栗子壳就得费半天劲，买的话会省事得多，可是……
把栗子炖软，即使不加入栀子果，颜色也很鲜艳。

白玉栗善哉

把煮好的小豆、糯米团子以及栗子搅拌在一起，真是一道令人满意的小甜点。

栗馒头

在煮好的栗子中加入砂糖与盐，做成栗子馅。
用发酵一次的面团裹上栗子馅，然后静置，
接着蒸。栗馒头越膨胀，
栗子馅和面皮就越松软。
这是一年只做一次的料理。

鸫鸟

鸫鸟能在小屋里飞来飞去了，
然而小屋太小，它的脚经常
被网勾住，而且成长又迟缓，
一不小心，它的脚骨折了，
一只脚弯曲着。生死攸关的时候，
我向县内的自然保护中心
寻求帮助，将鸫鸟送到那里。
那儿住着许多在丹泽山受伤的鸟儿和动物。
我们家的鸫鸟被安置在宽大的网内。
我去看了它几次，现在，它已经痊愈，
能够在丹泽山的上空飞翔了。

栗子勃朗峰

七叶树果实

七叶树是落叶乔木，高约二十五米。
五月开花，花儿红白相间。
小小的花瓣聚集在一起，
呈三角形，像尖尖的帽子一般。
种子约四厘米长，食用前需去涩味。
可以做成栃饼，但做起来
特别麻烦，我还是放弃了。

小葡喜欢玩弄七叶树的果实，
翻来翻去，用牙齿咬，可是果实太硬了。
它发出“嗯嗯”的声音，玩个不停。

牵牛花（朝颜）

旋花科一年生草本植物，
原产自亚洲热带地区，
奈良时代从唐朝传入。
其种子称为牵牛子，
可以入药，然而江户之后，
一般都用作观赏。
种类繁多。农田上，
去年落下的种子都发芽了，
现在都开了花，
俨然一座花的山峰。
蓝色的花瓣呈现透明的质感，
花期可到十一月。

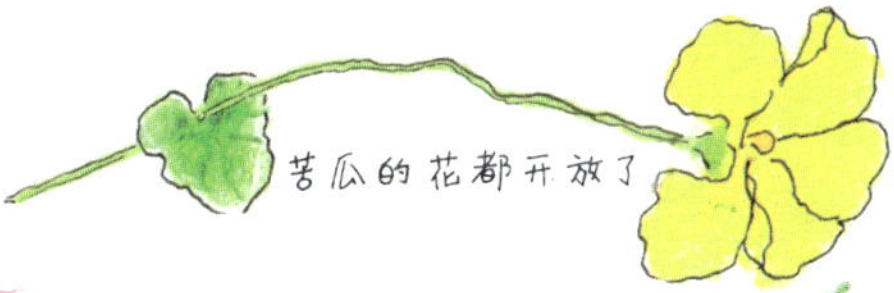

秋水仙

也叫草地番红花，它总在
不经意间绽放。

紫茉莉的种子

夏日傍晚，紫茉莉散发着浓郁
而迷人的香气。
第二天，花瓣掉落，结成果实。
花瓣变黑的时候，附着有如细绳
的东西，大概是雌蕊吧。
小时候，我们会把种子上的
白色粉末涂在鼻梁上，玩化妆游戏。

为野蔷薇剪枝

野蔷薇生长快速，开春起已经剪了三次枝。
为了明年的蔷薇花和它高雅的芬芳，
即使麻烦，也得硬着头皮干。
一不小心把蓝茉莉、鼠尾草和菊花枝也剪了。

彼岸花

也称为曼珠沙华，还有死亡之花、地域之花、剃刀花、狐花、舍子花等带有不祥预兆的名字。
彼岸花年年必定在彼岸日开花，丝毫不差。

秋分日

秋分那天，昼夜长短相同。
这天前后的七天被称为秋之彼岸。
做萩饼，在扫墓的时候，
供奉在祖先的坟头。
太阳自正东方升起，在正西方下落。

初秋的幼虫

它们是害虫，长大之后，
会变成美丽的蝴蝶和飞蛾。
一碰黑凤蝶的幼虫，
它们就竖起触角，
散发出一股臭味。

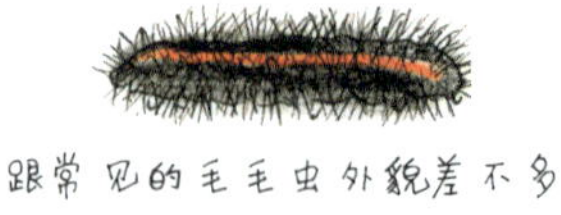

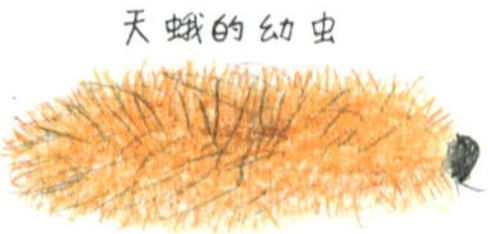

天竺葵

叶子上有一粒粒
黑色东西，仔细一看，
发现了与天竺葵长得
很相似的尺蠖。一段时间后，
它们会变成尺蛾飞走吧。

韭菜

百合科多年生草本植物，夏末秋初开白花。
一大片白花非常美丽，很难想象是蔬菜的花。
不久，花瓣就会变成果实。
现在可以摘韭菜叶了，正是好吃的时候。
每天早晨都是韭菜、韭菜、韭菜。

山药

别名自然薯、山芋等。
田地上的山药长有珠芽，
落到泥土里，下一年芽儿
的数量会增多。
伯劳声声，柿子染上金黄的颜色，
葛花飘来阵阵芬芳，虎杖也繁花似锦。
我拾起珠芽，准备用热水煮着吃。

洋葱

将夏天摘的洋葱悬在
阴凉处，老鼠们
会过来啃。
洋葱也属百合科。

丝瓜

今年的丝瓜有点小啊，
可是作为实用工具，
已经很棒了。

October

10月

秋分一过，白昼骤短，夕阳很快就落山了。

澄澈的碧空中，微风阵阵，

莫名地升起悲伤和怀旧之情。

雏菊的花蕾在秋日阳光的沐浴下，开始茁壮成长。

秋樱绚烂夺目、色彩缤纷，麻雀们纷纷啄食杂草的种子。

斑鸫纷纷忙碌起来，开始全新的旅程。

在农田里采摘萝卜菜的时候，听到伯劳鸟发出尖锐的叫声，

真是秋色渐浓啊。

抬头望去，天空染上了夕阳的颜色。

侧耳聆听，在夜色中，虫儿们奏响了动听的乐曲。

大波斯菊

菊科一年生草本植物，原产自墨西哥。
有白色、淡红、深红、黄色等种类，
也叫秋樱。
农田上的大波斯菊毫无顾忌地向四周伸展，
为周围的环境增添了一抹亮丽。
微风吹拂，大波斯菊摇曳其间，
幸福满溢，喜悦万分。
明明没有什么开心的事……
为何会这般喜不自禁呢。

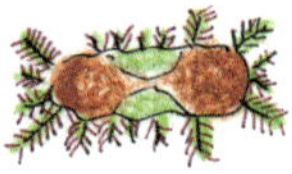

大腹园蛛

黄金蜘蛛科大型蜘蛛。
全身结实，
四肢大而粗。
经常将蜘蛛网结在
辣椒的支架上。
形状怪异，全身都是毛。

刺蛾

中等大小，没有嘴。
幼虫也叫痒辣子，
长着有毒的针毛，
会侵蚀树木。九月
在柿子树上结茧，茧很

络新妇

也称女郎蜘蛛，黄金蜘蛛科的大型蜘蛛，
体长有 25 毫米，外形美丽，蜘蛛丝为黄色。
蛛网网眼细小，有两层、三层之分。
成熟的络新妇腹部会变成红色，非常漂亮。

忽然，从草丛中爬出一条
长约 10 厘米的毛毛虫，
爬行速度超快！
正朝我爬来！！

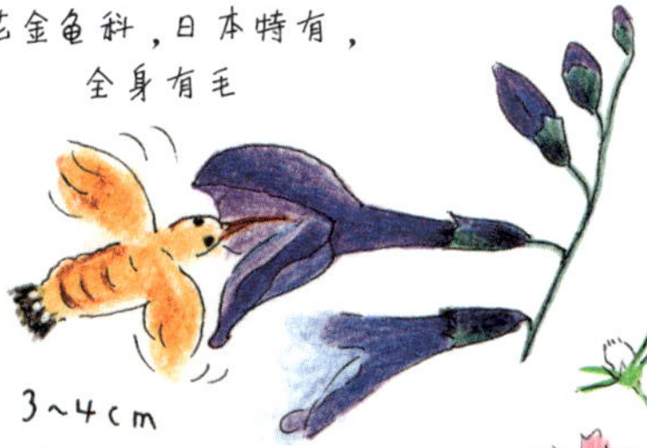

10/7
22°C 湿度 43%
秋高气爽。傍晚五点，
两百只乌鸦群起飞舞，
森林上空点缀着
淡淡的晚霞

大波斯菊盛放

大波斯菊在习习微风中，
轻轻地摇曳，令我幸福万分。

白活了这把年纪

我穿着某个牌子的短袖出门的时候，
一位等公交车的妇女带着不可思议
的表情，朝我的腹部和脸望来。
我摸了一下肚子，啊啊……
肚子上的肉露出来了！
今后再也不干这种事儿了。

10/8 阴云密布
21°C 湿度 24%
又冷又闷

天凉好个秋

清晨，伯劳鸟唧唧地叫着，
桂花绽放，散发阵阵芬芳，
把我从睡梦中叫起来。
早上七点，西边的山上，
清澈的阳光照在一大片芒草上，
整座山散发出动人的红光。
这是每年十月必定会见到的美景。
不时还能听到知了的鸣叫声。
闻着秋日的芳香深呼吸，
全身的细胞仿佛得到了重生。

鸡冠花

花的顶部好似鸡冠，触感似天鹅绒。
原产自东南亚，高约一米左右。
细小的花瓣集中在一处，
真是不可思议。芝麻般的种子
紧紧地依附在花瓣上。
小时候，用指甲从花瓣上抠种子
是我的一大乐趣。
真是令人怀念啊。

蜉蝣

长约七毫米，
状如蜻蜓。

珠芽景天

通过叶子根部的珠芽，
珠芽景天越长越多……

白色大波斯菊

剩余的种子播撒而出的大波斯
菊，此刻绽放出美丽的花朵，
在秋风中翩翩起舞。

小松菜发芽了

农田中，小松菜长出了细细的芽，放眼望去，
犹如一张张淡绿色的毛毯。种子不同，
芽儿的颜色也不同，吃下去让人充满力量。

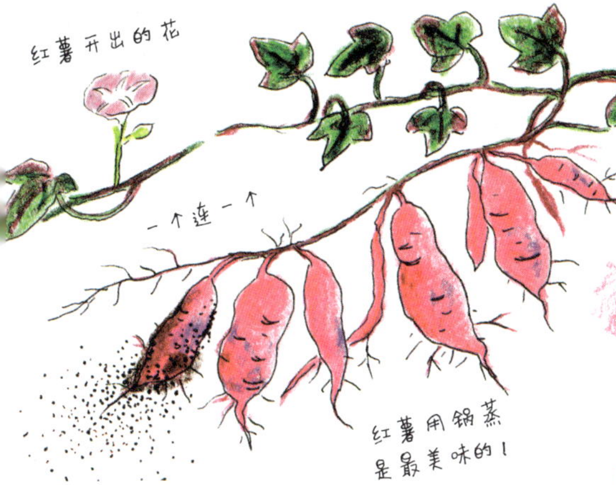

红薯（甘薯）

原产自美国热带地区，属旋花科。自从被哥伦布带到欧洲之后，红薯就开始传遍世界各地。

落葵

原产自亚洲热带地区，多肉质。可以提取紫色染料，嫩苗和茎部可食用。有黏性，还有股泥土的腥味，真是一种独特的蔬菜。一直可以采摘到十一月，生命力很旺盛，颜色也非常美丽。

11/19 晴 初冬

铁线虫

在田里发现了一种长约十五厘米的生物，令我惊讶，原来是铁线虫。它在水中产卵，孑孓等水生小昆虫吃了卵后，再被螳螂等昆虫捕食。这样，铁线虫卵在它们体内变成成虫，然后啃食内脏。支配宿主到水边，就可以从腹部逃脱出来，回到水里。即使在干燥的地上，一沾上水，就可以恢复生命，真是令人惊诧！

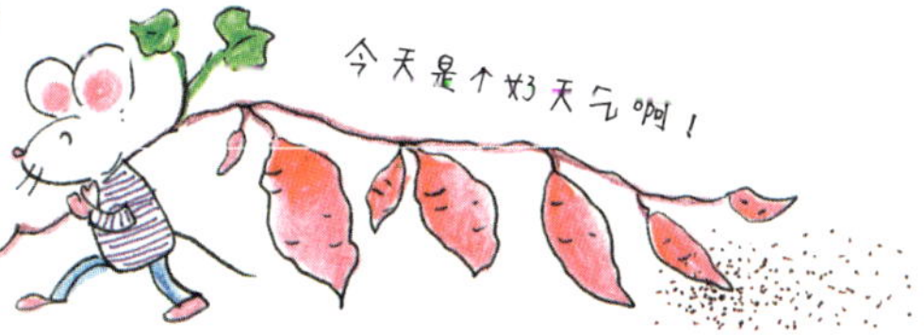

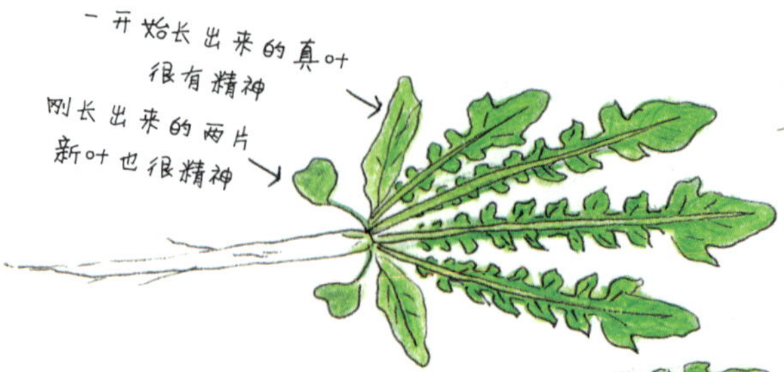

萝卜菜

为了能让萝卜有足够的成长空间，
就得间苗。两片子叶间的菜柔软无比、
根部呈透明状。如左图所示，
我每天都要采这样一把。
刚采摘的蔬菜很新鲜，用热水烫过，
吃起来脆爽无比。
小松菜、茼蒿、水菜也
陆续开始采摘了。

小松菜

小松菜秧苗的间距小，
虽然瘦小，却很有韧性，一用水洗，
就能听到叶子发出清脆的声音。
然后直接做成沙拉。
虽然小，但是富含矿物质，
这只是我的猜测而已。

黑醋

将国产的有机玄米
装入瓶中，然后静置发酵
黑醋开始出现于宽永年间
产自福冈。很了不起，
确实也美味无比。
可是价格有点贵，
720ml 要 2980 日元。
买了一瓶尝尝。

秋天的茄子

秋天的茄子很好吃。
刚摘的有点硬，
爆炒之后就变得无比柔软。
而且，真的很好吃。
还摘了许多辣椒，堆得像小山一样。

野根菊

花色明亮，带着深紫色。
随着时间的变化，颜色也会改变。
已经二十年了，每年都会绽放。
跟三褶脉紫菀[①]很相似，
但我还不知道它真正的名称。

①日文名为野绀菊，与野根菊发音相同。

南京黄栌（乌桕）

大戟科落叶乔木，原产中国。
中文名称为乌桕，经常栽于庭院和
街道两旁。我家小院的乌桕，是二十年前
鸟儿叼来的种子长成的。树木的直径
达四十五厘米，比两层楼还高。
但生长位置不佳，根部刚好在下水道
存放泥沙的箱斗上，使得箱斗倾斜，
没办法只能砍掉。

乌桕感到不甘心吗?
树桩上不断抽出新芽。
它还未被砍伐的时候，
春末夏初，枝繁叶茂，
在微风中沙沙作响。
每每看到深绿的果实和树叶，
总感觉宁静平和，
这是我特别珍视的树木。
雉鸡尤其喜欢乌桕的果实，
在树上筑了巢，繁衍子孙。

乌桕根部的皮经过干燥处理，
可用来做利尿剂，种子中
的油脂称为“乌桕油”，
是肥皂和蜡烛的原料，并可用作
肿块等皮肤病的外用药。

黄色的叶子一夜之间仿佛苏醒般，
全部变红。即使不出门旅行，
也能欣赏红叶的美景。
红叶落了一院子，美丽无比。

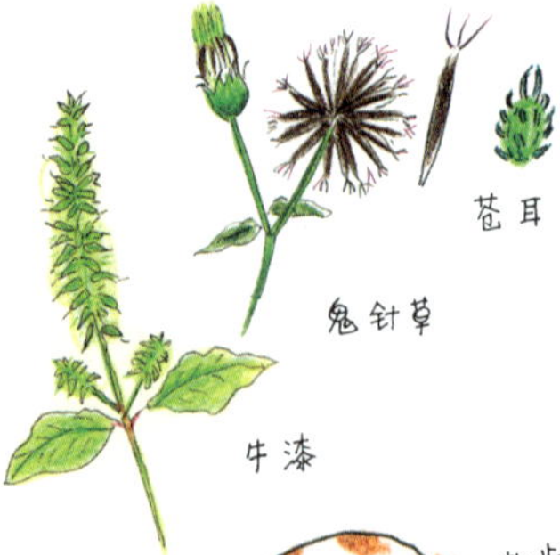

粘上杂草种子

在散步途中，小栗匆匆地钻入草丛中，出来后，身上粘满了杂草种子。拿掉这些，颇为辛苦。

小葡经常在家门前散步，
一旦去远一点的地方，就发出
“咕——”的叫声，想要抱抱。

在山坡上建造高楼

不在这儿建造房屋不好吗？
只有森林存在，黄莺和
绿啄木鸟才能栖息，
泉水才能潺潺而流，
可是现在，
大山正渐渐消失。

本来说要建造两层第一种低层住宅，不知怎的，钻了条例的空子，建起了高层楼房。而且，明明建了两栋楼房，开发商却对我们扯谎说建一栋。我不禁询问，这不是建了七层吗？对方却告诉我，其中三层是地下室，符合第一种住宅条例。

反对毫无效果，
工程还是开始了。
山上矗立起水泥墙，
工程如火如荼地进行。
鸟儿们去哪儿了？
知了呢？虫子们的
命运又将如何？

大卡车和起重机发出的巨大噪音，让我都听不到收音机了。这还不是要建楼房造成的！相关人士还厚颜无耻地说，从建成的低层住宅上可以眺望这里美丽的风景。真想问他一句，第一种住宅用地在哪儿呢？

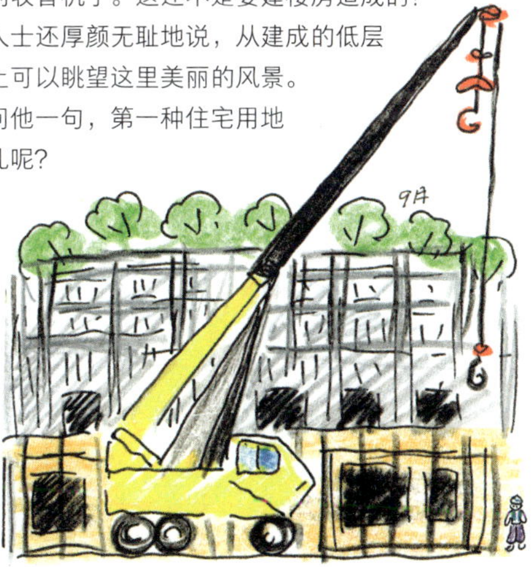

没建高楼之前，傍晚
可以看见太阳落山的美景，
可是现在，只能看到太阳从高楼后落下了。

工程开始后两年，巨大的高楼建成了，
住满了人。

满月和秋之七草

农历上，秋季指七月，八月，九月三个月，
农历八月十五刚好处在秋季中间，
因此这天晚上称为中秋。

秋之七草出自《万叶集》山上忆良的和歌，
“萩花、柔荑花、葛花、抚子花、黄花龙芽、佩兰、
朝颜”为秋之七草，这个说法一直流传至今。
《万叶集》中，桔梗换成了朝颜，
事实上桔梗才是七草之一。

山茶花

属山茶科，秋末冬初开白花。山茶开花，
预示着冬天的到来。花瓣层层叠叠，重瓣、
单瓣，淡红、深红的花瓣次第点缀在枝上。

群雀（村雀）

成群的麻雀啄食着农田的杂草。
发出巨大的沙沙声，
成群结队地飞起来，
真是吓我一跳。

月光

夜色渐深，满月之光越发清冽，
让城市发出微蓝的光芒。夜空中，
月亮不时被云遮住。月光洒在窗前，
如白金般熠熠生辉。
我祈祷，能有好运伴随。

多摩丘陵的蘑菇

在我家的西侧，有一座小小的山，
树木繁密。
季节轮转，景色也呈现不同的风貌。
十月，被腐叶覆盖的地上，
蘑菇一个接一个地探出脑袋，
生长速度惊人，
仅仅两三天，景象已经截然不同了。
在远离人烟的深山，蘑菇静静地成长……
亦真亦幻，不禁为之感动。
认真数一下，竟有百余种蘑菇！

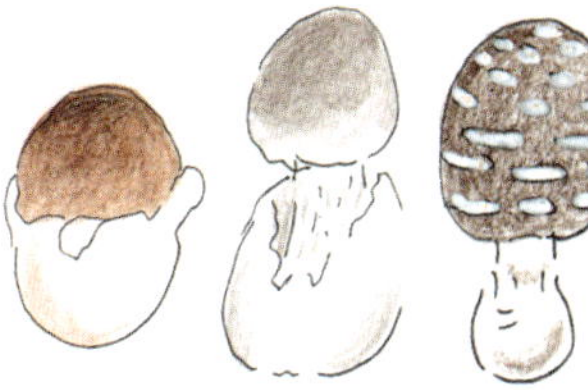

豹斑鹅膏菌……有剧毒
如水煮鸡蛋般，煮熟之后，
外貌和颜色都会发生变化

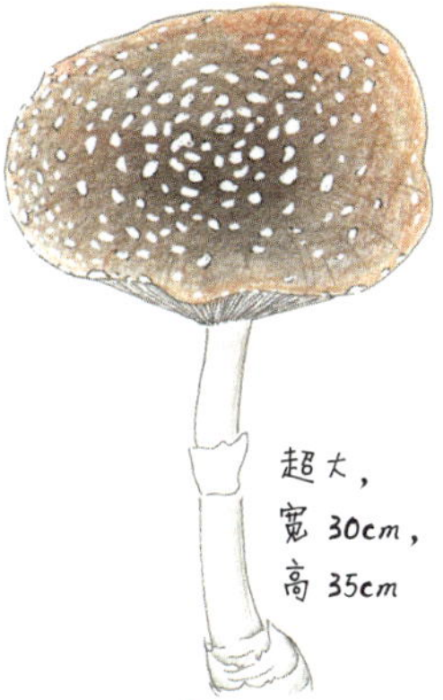

白鬼笔……无毒
状如帽子，顶部有大量
孢子聚集，有股臭味

鬼笔蕈
黑色部分较臭，
有十几株

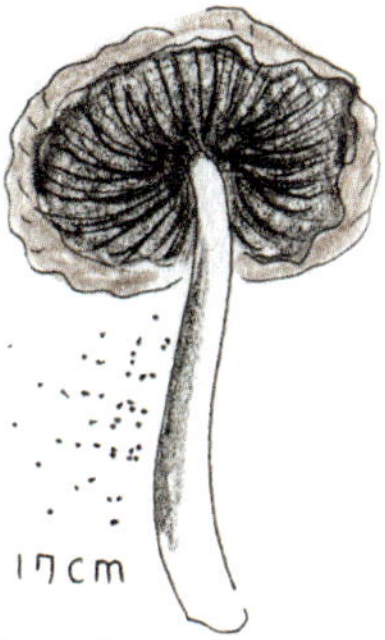

麻脸菇
黑色，会掉落
黑色孢子

不知道它的名字，
呈鲜黄色，
带着圆圆的
团子状的粉色东西

绒盖牛肝菌
表面有突起。
如厚厚的海绵，
茎部支撑着
整个蘑菇

橙盖伞菌
在黑暗的森林中
泛着红光。炒一炒，
有浓浓的蘑菇味

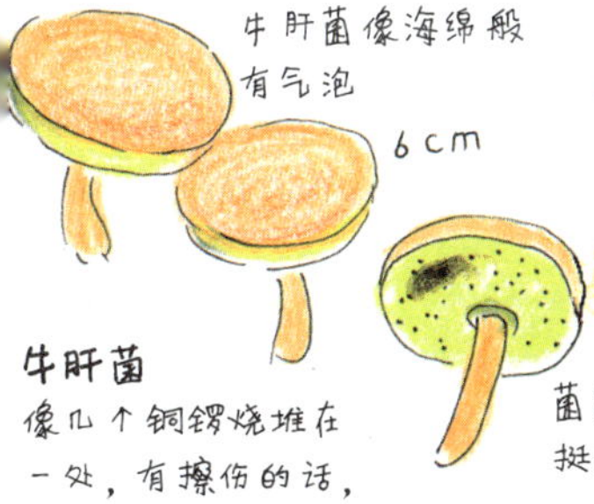

牛肝菌
像几个铜锣烧堆在
一处，有擦伤的话，
会变黑

菌盖厚实的牛肝菌，
挺拔地在枯木旁生长

大白菇
肉厚，外表
和肉都为白色。
可食用，很像
有毒的蘑菇

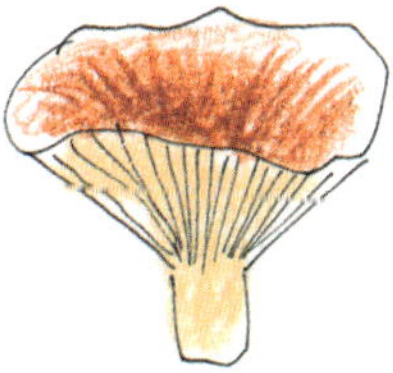

菌盖较硬，呈喇叭
状，菌褶即使被压
也不会变形

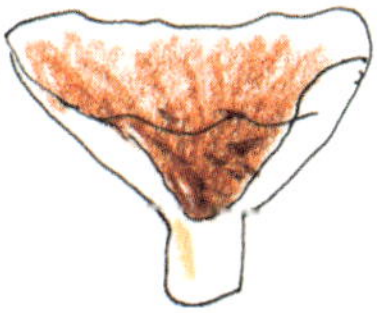

烟色红菇
截面很像
橡皮

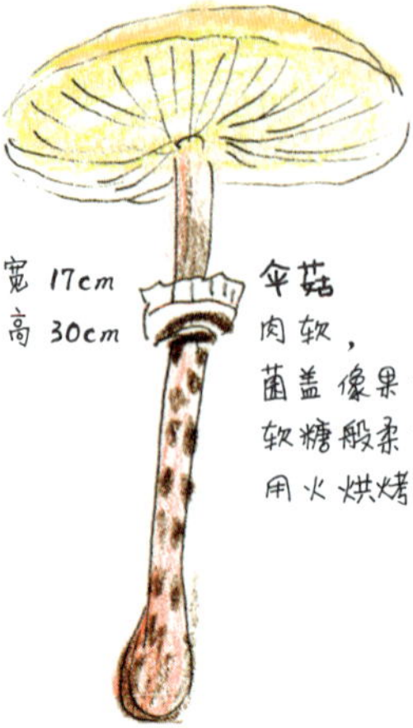

伞菇
肉软，
菌盖像果汁
软糖般柔软，
用火烘烤食用

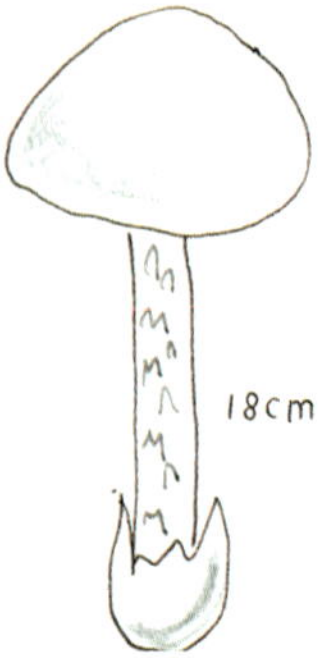

鳞柄白鹅膏……有毒
在日本，大概六成的蘑菇
中毒是由这种蘑菇引起的

赭盖伞（雁菇）
颜色与大雁相似，
因此也称雁菇，
受到损伤会变红

网蕈
菌盖呈暗褐色，
有质感，但又很轻，
茎部较硬

毒丝膜菌
菌盖向四周发散，
非常漂亮

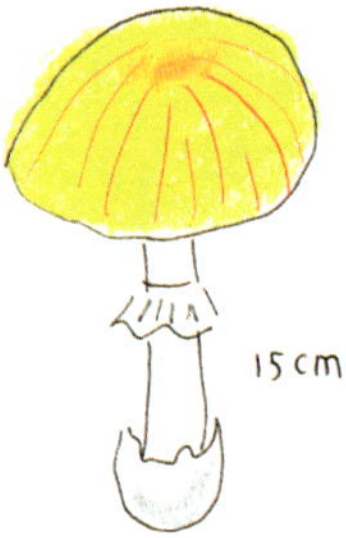

鬼笔鹅膏菌
有剧毒，颜色艳丽

翅鳞鹅膏菌
表面有吊钟形状的突起，
像蛋糕上的装饰

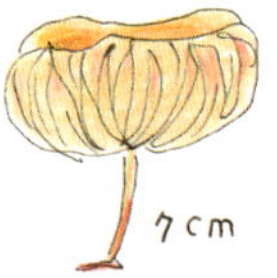

茎部很细，却很
坚固，菌褶很大

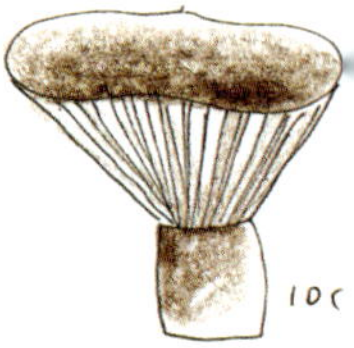

呈深褐色，
菌褶细，
茎部内侧有
很细的小洞

铜绿红菇
菌盖从草绿色
变成了灰绿，
中央呈扁平状

褐红小皮伞
菌盖薄如片，
有股很浓的蘑菇味

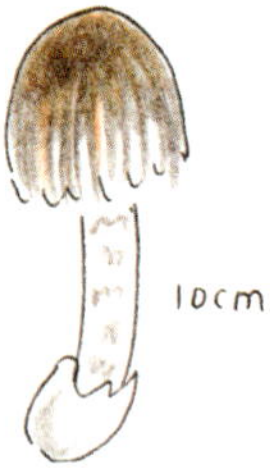

赤褐鹅膏菌
菌盖透气
而光滑

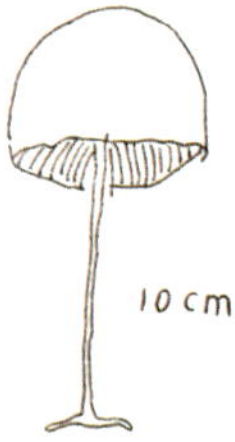

环柄菇
茎部较细，菌盖
雪白，手感光滑

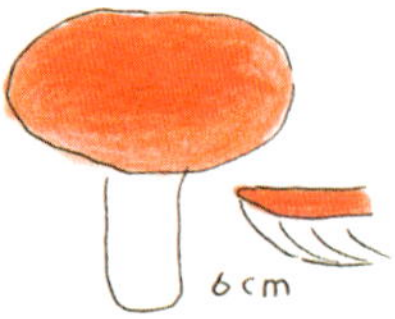

毒红菇
表面光滑，颜色
鲜艳，较显眼，
经常大片生长

裸盖菇
菌盖较厚，
潮湿

绿褶菇
长得像饭团

牛肝菌的伙伴，
菌盖呈现红色，非常漂亮

菌褶有气泡，
一触摸会变色

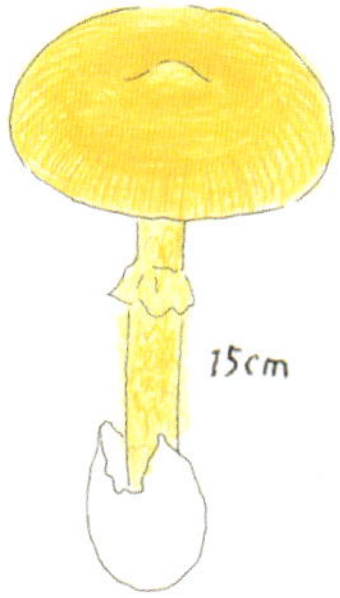

橙盖鹅膏菌
菌盖呈亮黄色，
菌褶、茎部以及菌环
都呈黄色，可食用

蓝黄红菇
中央凹陷，
呈白色

质地硬，似橡皮。
黑色，没有光泽

灰光柄菇，
肉厚

黄小蜜环菌
菌盖和茎部都较硬，
而且干燥

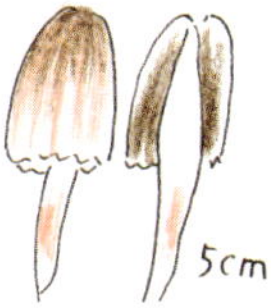

鬼伞属云母
菌盖水淋淋的，
非常纤细

苦沿丝伞菌……有毒
菌褶会从黄色
变成暗紫褐色

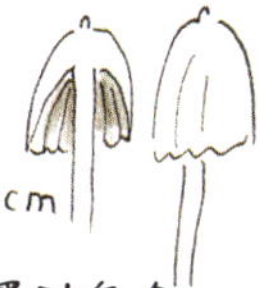

墨汁鬼伞
大片生长于肥沃的泥土
上，菌盖向四周发散，
会变成灰色

长条棱鹅膏菌
跟橙盖鹅膏菌很
相似，菌盖上没有
条纹，菌褶和菌环
都呈白色，有剧毒

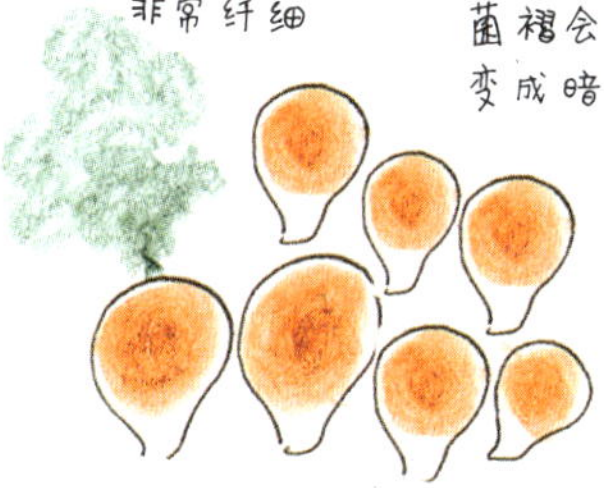

大马勃
俗称“狐狸的茶袋”，
从袋子的孔中喷出
烟雾般的孢子

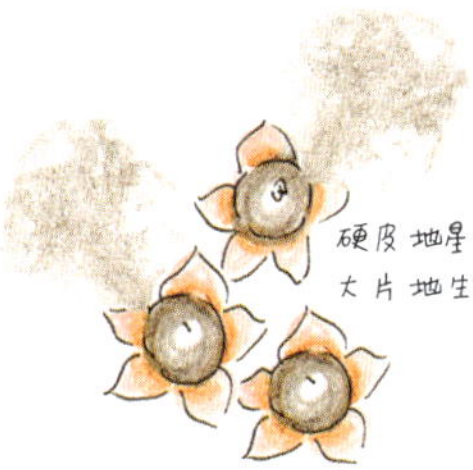

也叫土柿子，最初呈球
状，之后四周长出薄片，
状如星星。变干之后，
会从小孔中散发出孢子

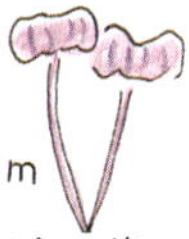

红汁小菇
大片生长在
枯树枝上

竹荪
菌盖上有蕾丝状的
鱼鳞纹，非常漂亮。
是中国菜中非常珍
贵的食材，想尝尝，
可是没过多久就干
枯了

在森林中观察蘑菇

雨后的清晨，
蘑菇静悄悄地
从枯树枝上探出脑袋。
昏暗的森林中，色彩缤纷
的蘑菇熠熠生辉。
林间长着几个头状秃马勃，
太像人的大脑了，
我难以下笔画出来。
第二天，它们就枯萎了，
令人同情。

丝瓜

原产亚热带地区的瓜类，
长约三十厘米，收获了六根。
种子越小，干燥后
越容易使用。

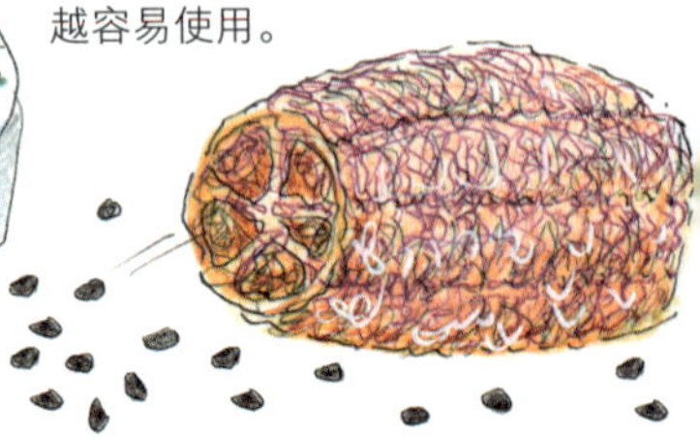

丝瓜的遗传因子真是太不可思议了。开花的时候，
表皮就开始萎缩，一干燥，整个儿都是褶皱。
本是自然而然的事，却令人感动。从前，母亲剪下丝瓜枝，
放入瓶中做丝瓜水，再与甘油混合，做成化妆水。

枇杷开花了

蔷薇科的常绿乔木，从中国传入日本。
十一月到十二月间，开黄白色小花，
有芬芳，第二年夏天结果，枇杷叶
入药，有止咳、祛痰的功效。
枇杷树长势好，容易占据小院
的空间，大概不太适合作为庭院植物。

四季水仙

四季水仙开了，整片都是白色，
看起来特别华丽，吸引着路人的目

山白菊

美其名曰“白色新娘”，
高六十厘米，
不太引人注意，
却生机勃勃。
平时，很少能
见到它们的身姿。

观音草

它们成片地生长在
背阴处。有一个说法
此花一开，
必有喜事。
观音草日益增多，
花儿也日益繁盛，
却未见有好事发生。
是不是许了太多愿望

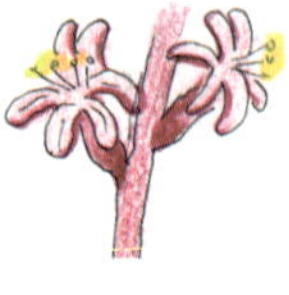

秋映

“父辈”是千秋苹果，
呈红黑色，清脆爽口

红玉

1826年发现于美国，
是个古老的苹果种类。
有酸味，富含汁液

新世界

由富士和赤木杂交
而成，呈粉色。
味道与普通苹果相似

王林

金香苹果与印度苹
果杂交而成，香味
浓郁，口感甘甜

信浓金

带酸味，
味道正好

史密斯奶奶

在欧美国家经常生吃
和作调味料之用，
较易保存，有酸味

富士

国光与美洲苹果杂交
而成，糖分高，易保
存，国产的占一半

移植水菜

进入十月，空气澄澈，远山和天空显得如此清晰。小院里虫鸣阵阵，夜晚很快来临了，我享受着秋日漫长的夜晚。农田里的水菜长势颇好，要进行分株处理。水菜如果不及时移栽，就会枯萎。

水菜富含维他命
和铁元素。
叶子即使萎蔫，
也会很快恢复原貌

秋天的茄子

夏天收获后，茄子稍作休整，秋日再次开花结果。茄子形状各异，个头虽小，但做成菜异常美味。长型的茄子长了不少，尤其好吃。

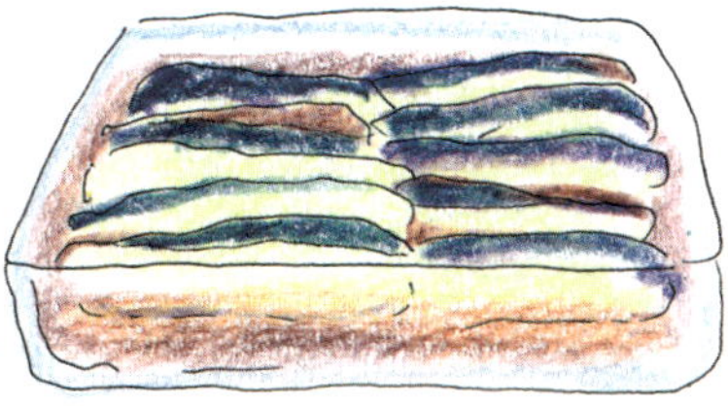

干烤茄子，然后用手撕开，浇上酱汁，再放上紫苏、蘘荷、生姜，吃起来软软的、黏黏的，不小心就吃多了。

萝卜大丰收

雪白笔直又水灵的大萝卜，
赶紧做一道凉拌萝卜丝。
萝卜肉是透明的。

拔萝卜的时候不太顺利，
把叶子拔断了。
叶子很软，浸泡一晚上，焯一下
再吃，很棒。吃了一整个儿萝卜。

可以在烤秋刀鱼、小沙丁鱼、
油炸豆腐等中加入萝卜，
富含水分，很好擦丝。

圣护院芜菁

个儿很高，约 15 厘米，
芜菁皮可以做金平料理，
中间的白色果肉可以制成
酱芜菁片。叶子甜而柔软。

在芜菁和西兰花中加入甜醋搅拌，就是一道沙拉了，简单！

圣护院芜菁很容易就煮熟了，非常方便，而且很好吃

还采了小芜菁，生吃很脆

突面钲蟋

它们好像把卵
产在了盆栽里。
每年，都会听到
它们唧唧的叫声。

水菜

水菜的生命力很旺盛，
眼见着一天天地长大了，
从下面望上去，
仿如一片水菜林。
营养肯定也很丰富。

西边月，东方日，日月同辉

不是“东方月，西边日”。
10 月 28 日上午 5 点 50 分至 6 点 10 分，
如满月般的月亮散发出透明的光华，
从西侧白桦林缓缓沉入地平线。
与此同时，东山上，
火红的太阳照亮了大地，
徐徐从地平线升起。
我时而看向东边，时而看向西边，
惊诧于眼前的景象，
胸中却莫名地欢喜。

大波斯菊种子

农田热闹起来了。
田里尽是枯萎的大波斯菊，
许多麻雀唧唧叫个不停，啄着种子。
大波斯菊的花枝垂落下来，
麻雀们小小的身影在其间穿梭，
久久不肯离去。

收割青菜

水菜、小松菜、茼蒿、
羽衣甘蓝、萝卜、芜菁……
好多新鲜的青菜，我两天采摘一次。
一日三餐都以青菜为食，
都是刚采摘的，所以非常好吃。

萝卜叶

把萝卜叶子切碎，
撒上盐，放到瓶中，
静置一晚上。
一小时就做好了，
很方便。

蔷薇果

农田的入口处有个野蔷薇拱门。
秋天，花期一结束，
便迎来了硕果累累的时节。
采摘农田和小院中的蔷薇果，
干燥后制成蔷薇果茶。
味道淡淡的，带点酸味，很清口。

静冈县富士市的农田

去老家扫墓的途中，看到农户旁边，大白鹭立在农田上，用嘴啄着泥土。乌鸦和麻雀也来到农田，开始啄食。农户们正在收割稻子，这番景象是如此珍贵。对啊，春天这片农田上生长着紫云英，农民是按照自然规律来耕种的。

晒稻架

放在晒稻架上的稻谷在日光下干燥，成群的麻雀来到稻谷周围。

芋头

芋头跟芋艿属同一种类，江户时代作为吉祥物食用。芋头是酉市的特产，有美名曰“大脑之芋”，据说吃了会变聪明，因此很受欢迎。尝起来松软，味道好。

小院中的野鼠在啃风干的狗狗粪便，斑鸫在枯叶中啄食虫子，填饱肚子。

November

11月

每天都是小阳春天气，

鹎鸟高亢的叫声响彻碧空。

农田上，小菊花星星点点。自古以来，菊花就是长寿的象征。

数不清的小菊花绽放了，色彩缤纷，

周围飘荡着浓郁的香气，路过的行人一时忘了时间。

看着此番景象，对“国花”产生了深深的敬意。

耳边传来“枯木一号”台风的消息，冬天将至的预感愈发强烈。

冰冷的北风带走了杂木林的色彩，将枯叶吹得远远的，

周围都披上了冬天的外衣。

向阳处、围巾、温暖的火锅，

傍晚家里的灯火，一切都让我喜爱。

这是涩柿子，
甜柿子
没成熟的时候
也很涩！！

涩柿子

生长于本州至九州地区，以及中国地区。我家农田上，柿子从幼苗生长为大树，如今已硕果累累。种子许是鸟儿们带来的。每年都将两百个柿子做成柿饼。

俗话说“桃栗三年柿八年”，
柿子结果需八年啊

富士柿

个儿特别大！重三百克，直径有十厘米。去除涩味后，果肉甘甜柔软，还黏糊糊的。

制作柿饼

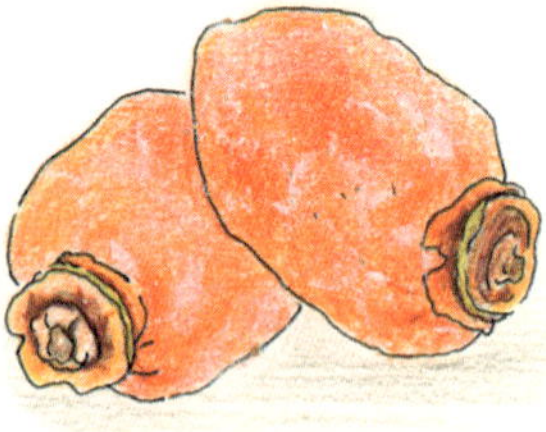

出乎意料，制作柿饼很花时间。
将采摘回来的柿子去皮，然后挂在屋檐下，经受风吹日晒，涩柿子一天天变得甘甜。
快一点的话，两周后柿子就会变成黏糊糊的柿饼。每天看着它们也是一大乐事。

小时候，
有个说法，
说吃了涩柿子
会便秘

烧酒去涩

将柿子的蒂浸入烧酒中，然后放入密封袋，静置八天左右，涩味就可以去除。尝起来很甜，与柿饼的甜味不同，当然不能久存。

七五三

据说德川幕府的将军德川纲吉
将庆祝孩子成长的年龄定为三岁。
另外，旧历十一月十五日是鬼宿日，是个吉日。
以前各年龄的孩子分开庆祝，
现在是三岁和五岁的男孩，以及三岁和七岁的
女孩的节日，祝愿他们健康成长。
我曾经穿着姐姐的旧和服，
庆祝七五三节。

柊树开花

柊树的花跟银桂花很相似，
纤细而芳香，而且都是白色。
初冬时节，枝上
开满了花儿，散发出
阵阵高雅的芬芳。
圣诞节的枸骨叶冬青属于冬青科。
柊树属木樨科，节分的时候，
用来祛邪避害。

虎掌果实（浦岛草果）

天南星科多年生草本植物，生长于山间阴湿处。
五月左右开花，花穗前端垂有黑紫色的鞭状物，
将其比作浦岛太郎的鱼竿，
因此得名。红色的果实
掩埋在如煤焦油般的
黑色花蕊中。

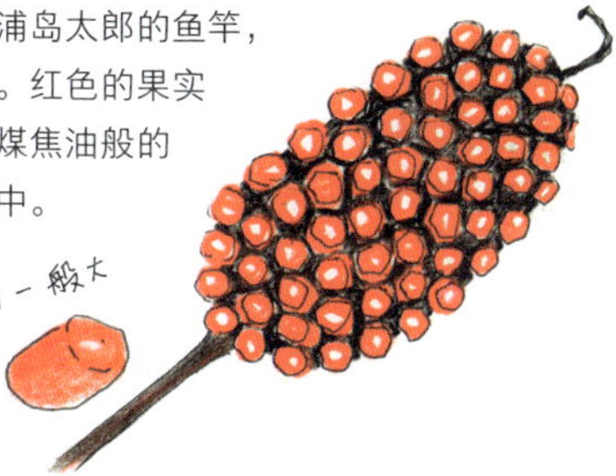

女贞

木樨科，初夏，枝叶上出现圆锥状花序，
白色的花非常密集，散发甜美的香气。
绿白金龟子等常常聚集于此。
深秋，花瓣变成了深紫色的果实，
经常作为制作强壮剂的药材。

金桂

原产地是中国，花冠约为五毫米，
四瓣花，十月开花。金桂枝上仅有一两朵花，也会飘来阵阵芳香。整个小院都弥漫着桂花香甜的气味，我的心情也不觉变得平静，胸中溢满久违的幸福。

金桂酒

金桂颜色漂亮，香气扑鼻，
做成酒的话一定很好喝……
可是酿好的酒却没什么味道，
连香气也没了，色泽也褪去了，
真是失败之作。

马缨丹

原产自非洲热带地区，别名为七变化，花色依次变化，因而得名。

寒山茶

与山茶花很相似，原产自中国。
花期长，花朵次第绽放。
走在栽种着寒山茶树的街道上，
周身都是寒山茶香甜的芬芳。
许许多多的白眉鸟、山雀
出入其间，从花中传来
可爱的鸣叫声。

马齿苋

去年，马齿苋的种子
落在地里，如今它已
枝繁叶茂，繁花似锦。

日本平

日本平位于静冈县，去那儿旅行
全程坐巴士，还有土特产，价格很便宜。
沿路可欣赏清水、静冈的名胜古迹，
充满了我童年的回忆。
这儿以前没有店家，只是一块坡地，
然而周围的景色并无二致，
勾起我的怀念。
清水和静冈的小镇，还有在三保松原游泳
时的情形，抓鱼捞贝壳的景象，
都一一浮现在脑海中。
在温暖的春天，这样一场便宜的旅行，
对我来说就是非常豪华的旅程了。

箱根

离东京很近，交通也很方便，地形又好。
大人们也喜欢欣赏这边的美景。
芦之湖沿岸红叶满山遍野，锦绣繁华。
泛舟湖上，可以欣赏周围的景色，
远眺富士山的美景。
在深山可乘坐登山铁路。
温泉也同样是一大乐趣。

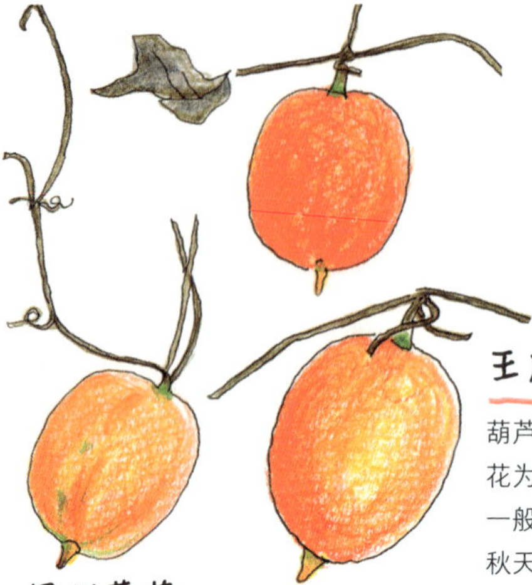

果实里的种子
很像如意小宝槌，
可以作为吉祥物
放入钱包中。

王瓜

葫芦科蔓生多年生草本植物。
花为白色，呈蕾丝状，
一般在夜晚开花。
秋天，果实成熟变成红色。
果实、种子、块根都可以入药。
把果肉取出来，可以做成灯笼，
拿来玩耍。

甲州葡萄

颗粒大，果肉结实，
不容易软。
自江户时代以来，
以甲州（山梨县）为中心栽培。
色泽艳丽，带皮吃，
不会太甜，味道很棒。

辛夷

木兰科，三月至四月
开白色的花，有香气。
十月左右，果实成熟，
红色的种子挂在白丝上，
乌鸦争相过来啄食，
一幅奇妙的景象。

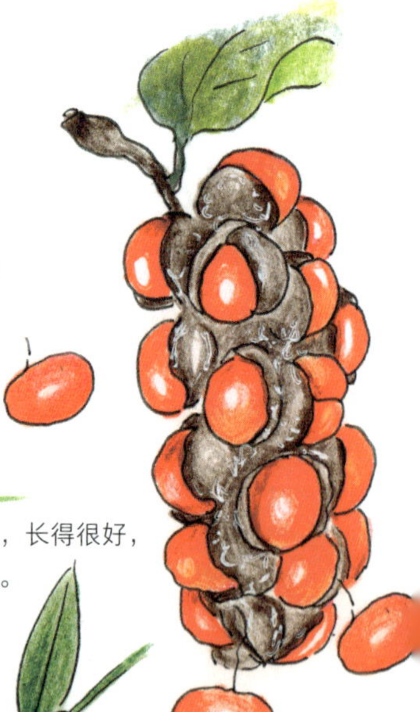

木瓜

蔷薇科落叶乔木，别名榅桲。
木瓜的行道树，果实如铃儿一般，
谁会过来采摘呢？
每年，我都做蜂蜜腌木瓜。

月桂树的果实

小院中的月桂树二十七岁了，长得很好，
经常剪枝，还是不断地生长。
用作料理的叶子
只有十五枚左右……
树身却很巨大。

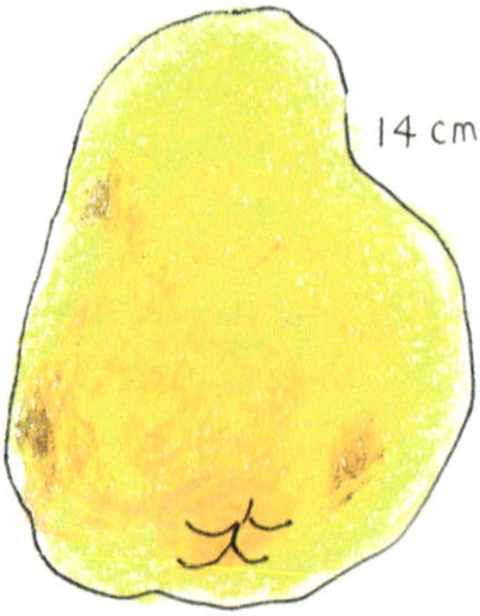

洋甘菊

人工栽培的品种，花瓣分单层和多重。
在长约二十米的小田埂上种洋甘菊苗。
一到秋天，花儿竞相盛开，
可以闻到浓郁的香味，甚至有些呛鼻。
好像与时间赛跑般，花儿次第绽放，
花瓣的中央变得鼓鼓的。蜜蜂拍打
翅膀的声音、秋日的阳光、菊花香，
总是陪伴在我的身边，让我获得
面对冬天严寒的力量。

看到菊花的花蕾，我不禁心猿意马，盼着花蕾鼓起来，成为美丽的花朵……好喜欢这份等待的心情。

樱桃萝卜

明治时期，从欧洲传入日本。
仅需二十到三十天便可成熟。
也叫水萝卜。
带着鲜艳的红色，在田间闪闪发光
用菜刀切，能听到清脆的声音。
果肉是白色透明的，很漂亮，
毫无疑问，也很美味。

南五味子

藤本常绿灌木，也称为“美男葛”，
因为树皮的黏液是发油的原料。
八月开花，绿色的果实成熟时
会变成红色，然后一个个从
枝头掉落。跟草莓一样，
果实的中心是白色的。真是有趣啊！

食用菊

原产自中国，在观赏类的菊花中，是香味浓郁、无苦味的品种。每年一到这个时期，我就特别欢喜。在鲜艳的红菊花中加入三杯醋，嚼起来脆脆的，口感很棒。

爬山虎

常春藤、藤漆等藤本植物的总称，原产地是中国和日本，名字有“传播”之意。一到秋天，长在墙垣上的爬山虎如燃起一阵大火般，一下子都变红了。其间也混杂着绿色的叶子，红色的叶子显得澄澈明朗。

鼠君掩埋在栎树叶堆中。
“枯木一号”来临了，
吹得枯叶沙沙作响，
好似有人缓缓走来。

购买电热毯

长 180 厘米、宽 60 厘米的电热毯暖乎乎的，
睡在上面软软的，身子慢慢地变暖了。
真的很舒服，却有种没有努力就
幸福的感觉……唉，天生劳碌命啊。

榉树落叶

街道两边都是榉树，
此刻落叶片片，路上
铺满落叶，
感觉到了冬日的气息。
装了十麻袋落叶，
打算撒在冬菜的田埂上。
很多也用作了堆肥。
现在正是流感盛行的季节，
不好好休息可不行，
暂且干到这儿吧。

冻僵的双手

昨夜下了雨，农田湿漉漉的，
采摘蔬菜时，手指冻得够呛，变得通红。
夜晚深蓝色的天空中，猎户座熠熠生辉。
十一月的天空晴朗无比，
夜晚星星闪闪发光，
明天依旧是个晴天。

小松菜上结着
温室球腹蛛巢，
如枯叶般干巴巴的。

山樱红叶

山樱枝繁叶茂，遮蔽了秋日的碧空，
叶子红黄相杂。
落叶芬芳阵阵，
红叶翩翩起舞。
樱花绽放的时候很美，
然而樱树的落叶犹胜樱花。

小雪

进入小雪节气，北国和深山里
已是雪花满天飞。
冬日的气息越发浓郁。
白桦叶红黄相杂，片片飞落。
白色的树枝好似涂了漆，
引人注目。
小院铺满了黄色的叶子，异常明亮。
暂且欣赏这一番美景吧。

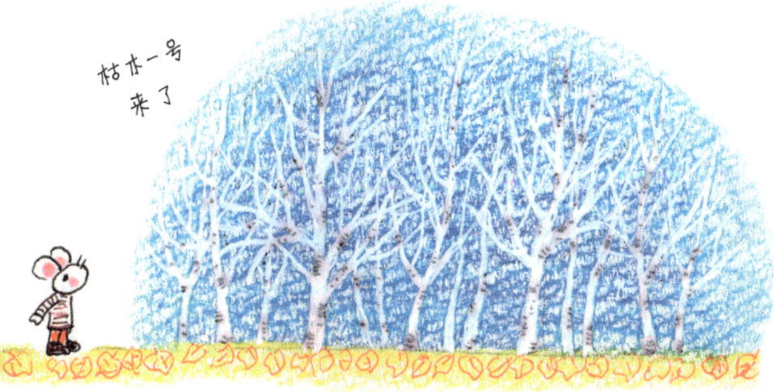

霜

连续几日都是晴朗无风的天气，地表温度降至零下，空气中的水蒸气一接触地面和物体，就很快凝结成冰凌。农田被霜覆盖了，好像一层粉色的雪覆在上面。朝阳升起，照在农田上，霜越发闪闪发光，空气也十分清新。

蚂蚱和螳螂

酷寒来临，身体越发迟钝，就连蚂蚱和螳螂都显得特别寂寥，双翅干巴巴的……

木叶蝶

与枯叶不同，翅膀呈锯齿状，看起来很华丽。木叶蝶很漂亮，能够熬过寒冷的冬天。

田间菊花

田里的菊花盛放，
虻和蜜蜂纷纷前来，
好不热闹。菊花为长寿之花。
喝着浮有花瓣的菊花酒，
庆祝祈愿长寿的重阳节。
周围已是一番冬景了。

洋甘菊

洋甘菊花瓣的直径不足五厘米，
色彩缤纷，香味各异。
花香浓郁，连呼出一口气都
觉得可惜。

手织的袜子

我收到了用羊毛织的袜子，很柔软。
接触到皮肤，舒服又暖和。
作为回礼，我用六色笔画一张
彩色铅笔画寄给对方。

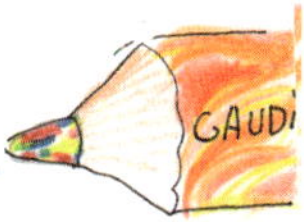

意大利高迪公司的著名产品

十一月的晴天，入夜，星星闪闪发光

采摘柑橘

我家附近有一片柑橘园，每年冬天，都给我们提供物美价廉的柑橘。橘子皮薄，光照充足，非常美味。采摘了足足二十公斤柑橘，可以保存到明年二月。

小栗

小栗十四岁了，动作变得有些迟钝，还嗜睡。睡觉时从被窝中露出头，睡姿颇好。

小葡不适

小葡经常闹肚子，脸色发青，没有精神。
可是第二天就精神奕奕，抱着喜欢的玩具在玩耍。

四季开花的柑橘

二十六年前，在千叶海边买了一株柑橘幼苗，如今已长到两米五了，我至今也不知道它正式的名字。从春天到秋天一直开着花，散发芬芳，无论什么季节，都硕果累累，有绿色的、橙色的果子。

用柚子醋做寿司饭

使用柚子汁做寿司饭，
加入寿司的醋一般都味道醇厚，
搅拌的器皿也多半很简单。
如此质朴的食物，却异常美味。
寿司中的醋非常爽口。

柚子

初夏时节，开芬芳的白色小花，
冬天结出鲜黄色的果实。
柚子结果，我便按捺不住了。
得开始制作柚子汁了吧。

冬至

冬至是一年中见到太阳的时间最短的一天，
日期一般为十二月二十二日。太阳光线很弱。
冬至后，天气越发寒冷。

柚子味儿的洗澡水

冬至时分，将柚子放入洗澡水中，也叫冬至汤。仰仗植物的生命力让身体复苏。

December
12月

碧空下，银杏树高耸入云。

叶子渐渐变黄，没几天，

就从枝头翩翩落下，地上被黄色覆盖。

杂木林内，落叶同样引人注目，一片冬日之景。

田间涩柿子硕果累累，为鸟儿留了几个，其余都做成了柿饼。

剥皮，然后用绳子把几个柿子串成一串，置于通风见光的地方。

两周后，柿子变成金灿灿的黄色，口感爽滑美味。

白昼最短的冬至，将沐浴过阳光的柚子浸入洗澡水中，

可以获取柚子的生命力。这是古人传下来的习俗。

从农田采摘回来的柚子，做成柚子醋、柚子酱、柚子饮品。

一番忙碌后，就迎来了年尾。

打扫完房子，准备好年夜饭，做了正月的准备，

悠闲地度过冬天，只等新年到来。

冬日骑行

冷风吹拂脸颊，
为了保持体温，要做好御寒准备。
稍微骑一会儿，身体就开始变热，
所以不必穿太厚。
骑二十分钟就汗水淋漓了。
晚上，骑车的人很多，
不少人纷纷在车上装上亮闪闪的东西，
显得特别引人注目。

松绿色

我找到了一件鲜绿色的毛衣，犹如松树新芽的颜色。
我这个上了年纪的人一下子精神了不少，不错的颜色。
而且很暖和，骑自行车的时候穿正合适。

芜菁料理

天冷时，来一份
煮芜菁吧，
味道甘甜柔软，
而且可以驱寒。

落叶

在秋意正浓的静静的
杂木林中散步，好似来到偏远
的乡村旅行。枯叶覆盖了地面，
此情此景恬静而安详。
枯木间，阳光倾泻而入，
金黄色的枯叶香味浓郁。
鹎鸟、伯劳、小星头啄木鸟
的鸣叫声婉转清亮，流淌在枯枝间。
不久，鸟啼声消失在林间。

乌鸦的午间零食

几个留在枝头的柿子成熟变红了，
乌鸦归巢之前，不断地啄食柿子。
柿子挂在枝头，闪闪发光。

濡乌

也称为乌羽色、濡羽色，
形容羽毛沾上水闪闪发光的样子。
一旦沾湿，颜色会显得较暗。
濡乌经常形容女性的黑发，
有云“发如乌鸦沾湿的羽毛”，
即是此意。

绘有圣诞老人、驯鹿、雪橇、
月亮、星星的贴纸

喜迎圣诞

不是基督徒，却对这个傍晚的节日莫名地期待，
买来彩色铅笔和贴纸，迎接这一天。

用心形和圆点
状的贴纸做成，
然后用金色
的铅笔画上绳子

腊月信件

进入十二月，街道充满了圣诞节的氛围。
在画纸上绘上图画，作为腊月的贺礼
寄给友人。
圣诞节将至，做了圣诞贺卡
寄给亲人……
看着贴纸，思绪飞到天南海北，
真是幸福满溢啊。

咖啡豆

我收到了印尼产的生咖啡豆，
颜色接近苔绿色。
用浅砂锅翻炒，咖啡豆慢慢
变成深棕色。冷却后，
用磨子碾磨成粉，闻到咖啡的香味。
澄澈的色泽、浓郁的香气、略带苦味……却很好喝。

用磨子研磨后，
闻到浓郁的咖啡味，
跟在咖啡店闻到的一样

椰枣

产自印尼，
颗粒大，水分少，
却柔软而甜。
椰枣核很小。

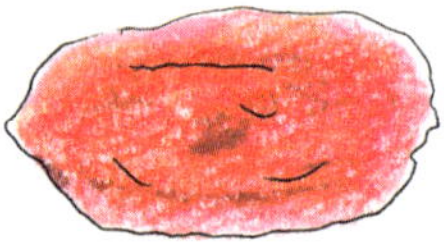

3～4 cm

小春日和 13℃/19℃

将椰枣放入
热水中，
就成为可口的饮料了

日本枣树

鼠李科落叶乔木，原产自中国。
夏天，在叶腋处开黄白色花朵。
绿色的果子成熟了，变成了暗褐色。
可食用，也可用作强壮剂、染料。
传来《哪家的孩子》的歌声：
是谁在枣树下喃喃低语，
莫不是可爱的未代……

正月的年糕

将烤好的年糕蘸上酱油，再裹上海苔，
非常美味，百吃不厌。

糊拉窗

从前，母亲会把拉窗拿到河边清洗。第二天，阳光照进来，雪白的拉窗显得异常明亮。这个景象直到现在都留在我的记忆中。用和纸糊拉窗是费力的工作。现在市面上有不会破的合成纸，我却怎么也用不惯。

师走

十二月，家家请来僧侣念经，师父们得到处奔走，即为“师走”。岁末，为了准备正月的活动，特别繁忙。这时候，我通常准备许多筑前煮，配上米饭和味噌汤就可以食用，非常方便。

泽腌

年末，母亲和祖母开始晾萝卜，然后放在木桶内腌制。腌制不久的泽腌也称为浅腌，吃起来脆脆的，保留着些许萝卜原本的味道。

再过几天就是正月了

小时候很期待正月的到来。为正月准备的新衣服、新内衣、新鞋等，我都要一一闻遍，无比兴奋地等待着元月一日。

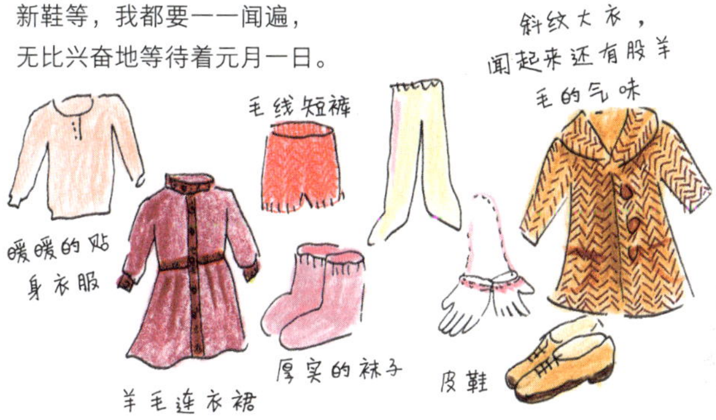

正月捣年糕

从前，一到年关，便从邻居家传来砰砰的捣年糕的声音。听着这声音，更期待即将到来的正月。

捣完的年糕可以做供糕、杂煮、豆沙年糕，放在木盒中，年味越来越浓。

然而我家现在已经没有这些习俗了。

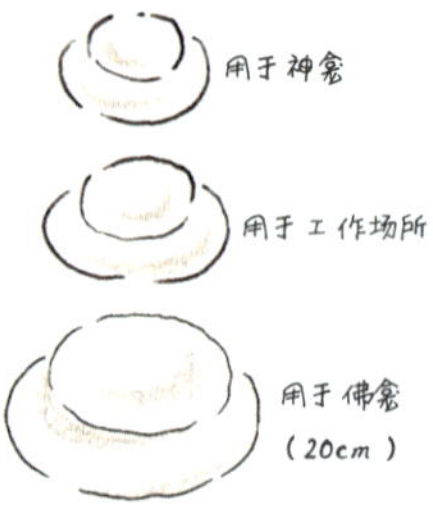

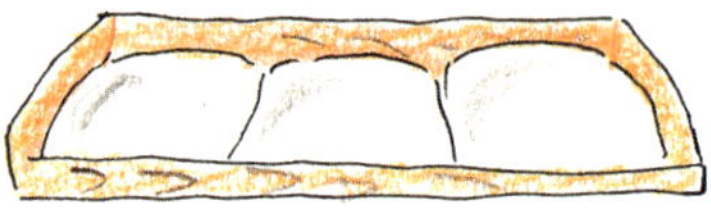

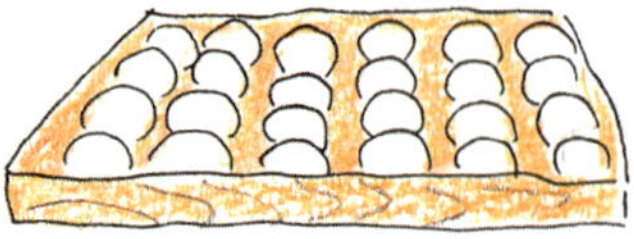

简单的伊达卷

将鸡蛋、汤汁、砂糖、盐、白色鱼肉山芋饼同时放到料理机中，搅拌三十到四十秒。

小火炖煮，直到发出扑扑的声音，

大概需要十到二十分钟，把火熄灭后焖两分钟。

将焦的一面朝下，用网眼较粗的竹帘卷起来。

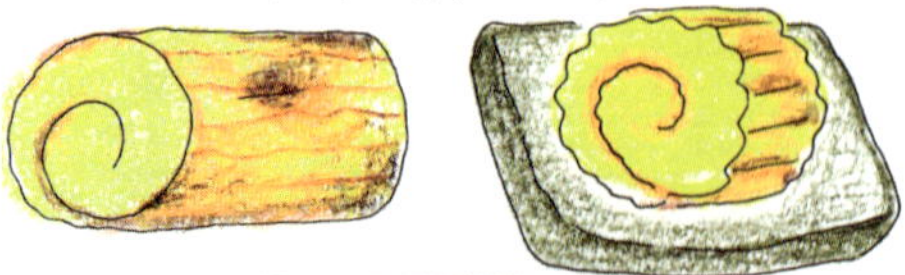

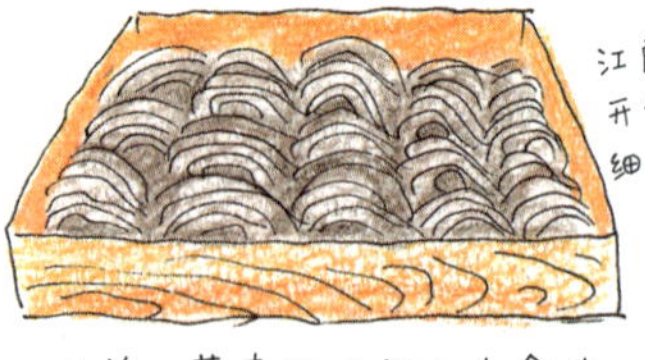

除夕夜的钟声和跨年夜的荞麦面

正月的准备工作停当，一边感怀过去的一年，

一边听着除夕夜的钟声，大年三十静静地过去了。

祈愿来年也能顺顺利利。

吃着放了猪肉、胡萝卜的荞麦面，迎接新的一年。

图书在版编目（CIP）数据

十二个月的日本，吃吃喝喝玩玩 /（日）望月圣子著；
褚方叶译. -- 海口 : 南海出版公司，2018.1
ISBN 978-7-5442-6347-4

Ⅰ. ①十… Ⅱ. ①望… ②褚… Ⅲ. ①随笔－作品集
－日本－现代 Ⅳ. ①I313.65

中国版本图书馆CIP数据核字(2017)第256034号

著作权合同登记号 图字：30-2017-106

十二个月的日本，吃吃喝喝玩玩
〔日〕望月圣子 著
褚方叶 译

出　　版 南海出版公司 (0898)66568511
　　　　 海口市海秀中路51号星华大厦五楼 邮编 570206
发　　行 新经典发行有限公司
　　　　 电话(010)68423599 邮箱 editor@readinglife.com
经　　销 新华书店

责任编辑 翟明明 刘恩凡
装帧设计 李照祥
内文制作 田晓波

印　　刷 北京中科印刷有限公司
开　　本 850毫米×1168毫米 1/32
印　　张 6.5
字　　数 80千
版　　次 2018年1月第1版
印　　次 2018年1月第1次印刷
书　　号 ISBN 978-7-5442-6347-4
定　　价 49.60元